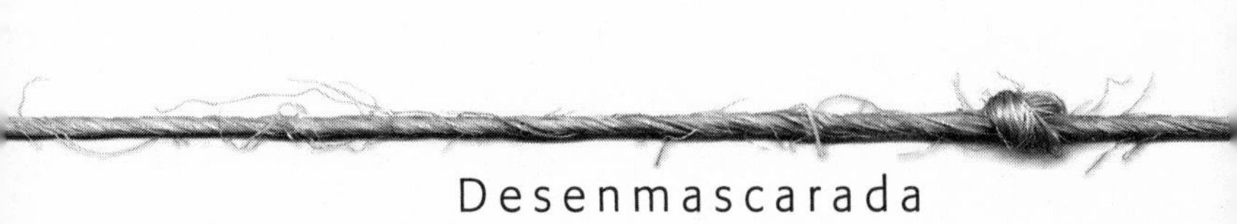

Desenmascarada

DESENMASCARADA

Francine Rivers

La misión de Editorial Vida es proporcionar los recursos necesarios a fin de alcanzar a las personas para Jesucristo y ayudarlas a crecer en su fe.

Miami, Florida

Publicado en inglés bajo el título:
Unveiled
por *Tyndale House Publishers, Inc.*

Traducción: *Elizabeth Fraguela M.*
Edición: *Wendy Bello*
Diseño de cubierta: *Julie Chen*
Ilustración de cubierta, ©1999: *Vivienne Flesher*
Adaptación de cubierta: *Libni Cáceres*
Diseño interior: *artserv*

ISBN 0-8297-3890-8

Categoría: Ficción/Historia

Impreso en Estados Unidos de América
Printed in the United States of America

04 05 06 07 08 09 ❖ 06 05 04 03 02 01

Para quienes han
sido abusados y
usados y anhelan
la justicia.

Estoy agradecida a
Ron Beers, que
compartió esta visión, a
Kathy Olson por su
buen trabajo de editora
y a todo el equipo
de Tyndale por su
continuo apoyo.

Y, como siempre,
mi gratitud a
Jane Jordan Browne.

Introducción

QUERIDO LECTOR:

Esta es la primera de cinco novelas acerca de las mujeres en el linaje de Jesucristo. Fueron mujeres orientales que vivieron en tiempos antiguos y sin embargo, sus historias tienen aplicación en nuestras vidas y en las dificultades que enfrentamos en el mundo actual. Ellas experimentaron la vida hasta los límites de sus posibilidades. Fueron valientes. Corrieron riesgos. Hicieron lo inesperado. Vivieron vidas atrevidas y a veces cometieron errores, grandes errores. Estas mujeres no eran perfectas; no obstante Dios, en su infinita misericordia, las usó en su plan perfecto para que Cristo, el Salvador, llegara al mundo.

Vivimos en una época desesperada y atribulada en la que millones de personas buscan respuestas. Estas mujeres aún señalan el camino. Las lecciones que aprendemos de ellas tienen hoy tanta aplicación como en los tiempos que vivieron hace miles de años.

Tamar es una mujer de **esperanza.**

Rajab es una mujer de **fe.**

Rut es una mujer de **amor.**

Betsabé es una mujer que recibió **gracia ilimitada.**

María es una mujer **obediente**.

Estas son mujeres de la historia que realmente vivieron. Sus historias, como yo las narro, se basan en los relatos bíblicos. Aunque en este siglo algunas de sus acciones pudieran parecernos desagradables, es preciso que consideremos a estas mujeres en el contexto de los tiempos en que vivieron.

Esta es una obra de ficción histórica. La Biblia nos brinda el bosquejo de la historia y yo comencé con los datos que encontramos allí. Con esa base he creado la acción, los diálogos, las motivaciones internas y en algunos casos, los caracteres adicionales que me parecieron coherentes con los informes bíblicos. Me propuse ser fiel a la verdad del mensaje de la Biblia en todos los puntos y agregué solo lo necesario para ayudar a comprender este mensaje.

Al final de cada novela hemos incluido una breve sección de estudio. La máxima autoridad acerca de los personajes bíblicos es la propia Biblia. Lo animo a leerla para que tenga una mayor comprensión. Y es mi oración que a medida que usted lea la Biblia, se percate de la continuidad, la coherencia y la confirmación del plan de Dios para todas las edades, un plan que lo incluye a usted también.

Francine Rivers

Preparación de la escena

GÉNESIS 37:1–38:6

Jacob se estableció en la tierra de Canaán, donde su padre había residido como extranjero.

Esta es la historia de Jacob y su familia. Cuando José tenía diecisiete años, apacentaba el rebaño junto a sus hermanos, los hijos de Bilhá y de Zilpá, que eran concubinas de su padre. El joven José solía informar a su padre de la mala fama que tenían estos hermanos suyos.

Israel amaba a José más que a sus otros hijos, porque lo había tenido en su vejez. Por eso mandó que le confeccionaran una túnica especial de mangas largas. Viendo sus hermanos que su padre amaba más a José que a ellos, comenzaron a odiarlo y ni siquiera lo saludaban.

Cierto día José tuvo un sueño y, cuando se lo contó a sus hermanos, estos le tuvieron más odio todavía, pues les dijo:

—Préstenme atención, que les voy a contar lo que he soñado. Resulta que estábamos todos nosotros en el campo atando gavillas. De pronto, mi gavilla se levantó y quedó erguida, mientras que las de ustedes se juntaron alrededor de la mía y le hicieron reverencias.

Sus hermanos replicaron:

—¿De veras crees que vas a reinar sobre nosotros, y que nos vas a someter?

Y lo odiaron aún más por los sueños que él les contaba.

Después José tuvo otro sueño, y se lo contó a sus hermanos. Les dijo:

—Tuve otro sueño, en el que veía que el sol, la luna y once estrellas me hacían reverencias.

Cuando se lo contó a su padre y a sus hermanos, su padre lo reprendió:

—¿Qué quieres decirnos con este sueño que has tenido? —le preguntó—. ¿Acaso tu madre, tus hermanos y yo vendremos a hacerte reverencias?

Sus hermanos le tenían envidia, pero su padre meditaba en todo esto.

En cierta ocasión, los hermanos de José se fueron a Siquén para apacentar las ovejas de su padre. Israel le dijo a José:

—Tus hermanos están en Siquén apacentando las ovejas. Quiero que vayas a verlos.

—Está bien —contestó José.

Israel continuó:

—Vete a ver cómo están tus hermanos y el rebaño, y tráeme noticias frescas.

Y lo envió desde el valle de Hebrón. Cuando José llegó a Siquén, un hombre lo encontró perdido en el campo y le preguntó:

—¿Qué andas buscando?

—Ando buscando a mis hermanos —contestó José—. ¿Podría usted indicarme dónde están apacentando el rebaño?

—Ya se han marchado de aquí —le informó el hombre—. Les oí decir que se dirigían a Dotán.

José siguió buscando a sus hermanos, y los encontró cerca de Dotán. Como ellos alcanzaron a verlo desde lejos, antes de que se acercara tramaron un plan para matarlo. Se dijeron unos a otros:

—Ahí viene ese soñador. Ahora sí que le llegó la hora. Vamos a matarlo y echarlo en una de estas cisternas, y diremos que lo devoró un animal salvaje. ¡Y a ver en qué terminan sus sueños!

Cuando Rubén escuchó esto, intentó librarlo de las garras de sus hermanos, así que les propuso:

—No lo matemos. No derramen sangre. Arrójenlo en esta cisterna en el desierto, pero no le pongan la mano encima.

Rubén dijo esto porque su intención era rescatar a José y devolverlo a su padre.

Cuando José llegó a donde estaban sus hermanos, le arrancaron la túnica especial de mangas largas, lo agarraron y lo echaron en una cisterna que estaba vacía y seca. Luego se sentaron a comer. En eso, al levantar la vista, divisaron una caravana de ismaelitas que venía de Galaad. Sus camellos estaban cargados de perfumes, bálsamo y mirra, que llevaban a Egipto. Entonces Judá les propuso a sus hermanos:

—¿Qué ganamos con matar a nuestro hermano y ocultar su muerte? En vez de eliminarlo, vendámoslo a los ismaelitas; al fin de cuentas, es nuestro propio hermano.

Sus hermanos estuvieron de acuerdo con él, así que cuando los mercaderes madianitas se acercaron, sacaron a José de la cisterna y se lo vendieron a los ismaelitas por veinte monedas de plata. Fue así como se llevaron a José a Egipto.

Cuando Rubén volvió a la cisterna y José ya no estaba allí, se rasgó las vestiduras en señal de duelo. Regresó entonces adonde estaban sus hermanos, y les reclamó:

—¡Ya no está ese mocoso! Y ahora, ¿qué hago?

Enseguida los hermanos tomaron la túnica especial de José, degollaron un cabrito, y con la sangre empaparon la túnica. Luego la mandaron a su padre con el siguiente mensaje: «Encontramos esto. Fíjate bien si es o no la túnica de tu hijo».

En cuanto Jacob la reconoció, exclamó: «¡Sí, es la túnica de mi hijo! ¡Seguro que un animal salvaje se lo devoró y lo hizo pedazos!» Y Jacob se rasgó las vestiduras y se vistió de luto, y por mucho tiempo hizo duelo por su hijo. Todos sus hijos y sus hijas intentaban calmarlo, pero él no se dejaba consolar, sino que decía: «No. Guardaré luto hasta que descienda al sepulcro para reunirme con mi hijo». Así Jacob siguió llorando la muerte de José.

En Egipto, los madianitas lo vendieron a un tal Potifar, funcionario del faraón y capitán de la guardia.

Por esos días, Judá se apartó de sus hermanos y se fue a vivir a la casa de un hombre llamado Hirá, residente del pueblo de Adulán. Allí Judá conoció a una mujer, hija de un cananeo llamado Súa, y se casó con ella. Luego de tener relaciones con él, ella concibió y dio a luz un hijo, al que llamó Er. Tiempo después volvió a concebir, y dio a luz otro hijo, al que llamó Onán. Pasado el tiempo tuvo otro hijo, al que llamó Selá, el cual nació en Quezib.

Judá consiguió para Er, su hijo mayor, una esposa que se llamaba Tamar …

Uno

CUANDO Tamar vio a Judá guiando a un burro cargado de sacos y una fina alfombra, tomó su azadón y corrió hasta el límite más lejano de la tierra de su padre. Aterrorizada, trabajó de espaldas a la casa, esperando que él pasara y buscara a otra muchacha para su hijo. Cuando su nana la llamó, Tamar fingió no oír y con su azadón golpeaba la tierra aún más fuerte. Las lágrimas le corrían por su rostro.

—¡Tamar! —Acsah jadeaba mientras la alcanzaba—. ¿No viste a Judá? Ahora tienes que volver conmigo a la casa. Tu mamá está a punto de enviar a tus hermanos a buscarte, y a ellos no le gustará que te demores.

Acsah hizo una mueca.

—Hija, no me mires así. Esto no es cosa mía. ¿Acaso preferirías casarte con uno de esos comerciantes ismaelitas que pasan para Egipto?

—Tú has oído hablar del hijo de Judá igual que yo lo he oído —dijo Tamar.

—Sí, es cierto. —Extendió su mano y Tamar, dudosa, soltó el azadón—. Tal vez no sea tan malo como crees.

Pero en los ojos de su nana, Tamar vio las serias dudas que esta tenía.

La madre de Tamar llegó hasta ellas y agarró a Tamar por el brazo.

—¡Si tuviera tiempo, te zurraría por haberte escapado!

Metió a Tamar dentro de la casa en la porción de las mujeres.

Tan pronto Tamar traspasó la puerta, sus hermanas la agarraron y la desvistieron. Tamar dio un grito sofocado de dolor cuando descuidadamente una le sacó su túnica por la cabeza, halándole el pelo.

—¡Basta ya! —dijo levantándole la mano para quitársela de encima, pero su mamá intervino.

—¡Tamar, estáte quieta! Acsah se demoró mucho y ahora debemos apurarnos.

Todas las muchachas hablaban al mismo tiempo, entusiasmadas, ansiosas.

—Mamá, déjame salir tal cual estoy.

—¿Directamente del campo? ¡Más nunca! Te presentaremos con lo más fino que tenemos. Judá trajo regalos. Y no te atrevas a avergonzarnos con tus lágrimas, Tamar.

Tragó convulsivamente. Tamar luchó por controlarse. No tenía alternativa, tendría que someterse a los cuidados de su madre y hermanas. Ellas estaban usando los mejores vestidos y perfume para su aparición ante Judá, el hebreo. El hombre tenía tres hijos y si ella lo complacía, se casaría con

Er, el primogénito. En la última cosecha, cuando Judá y sus hijos trajeron las ovejas a pastar en los campos cosechados, su padre la mandó a trabajar en las cercanías. Ella sabía a lo que él aspiraba. Ahora, parecía que lo había logrado.

—Madre, por favor. Necesito un año o dos más antes de estar lista para hacerme cargo de una casa.

—Tu padre es el que decide si ya tienes suficiente edad. —Su mamá no podía mirarla a los ojos—. No es asunto tuyo dudar de sus juicios.

Las hermanas de Tamar hablaban como cotorras y la desesperaban. La madre dio unas palmadas.

—Ya está bueno. ¡Ayúdenme a preparar a Tamar!

Tamar apretó sus quijadas, cerró los ojos y decidió que tendría que renunciar a su destino. Sabía que un día tendría que casarse. También sabía que su padre sería quien escogiera a su esposo. Su único consuelo eran los diez meses del período de noviazgo. Por lo menos tendría tiempo de preparar su mente y corazón para la vida que le esperaba.

Acsah la tocó por los hombros.

—Trata de relajarte. —Le safó el pelo y comenzó a cepillárselo con fuerza y firmeza—. Cariño mío, piensa en algo que te de serenidad.

Se sintió como un animal al que su padre estuviera preparando para vender. ¿No era así? La invadió un sentido de ansiedad y desespero. ¿Por qué la vida tenía que ser tan cruel e injusta?

—Petra, trae el aceite perfumado para frotárselo en la piel. ¡No debe oler como una esclava del campo!

—Será mejor que huela a ovejas y chivos —dijo Acsah—. A los hebreos le gustaría eso.

Las muchachas se rieron a pesar de la reprimenda de la madre.

—No me estás ayudando, Acsah. ¡Cállense ya!

Tamar se agarró de la saya de su madre.

—Por favor, mamá. ¿No podrías ayudarme hablando con papá? Ese muchacho es… ¡es un diablo!

Las lágrimas brotaron antes de que ella las pudiera controlar.

—Por favor, no me quiero casar con Er.

Su mamá apretó las quijadas, pero no se dejó persuadir. Quitó la mano de Tamar de su falda, y con sus manos se las apretó.

—Tamar, tú sabes que yo no puedo alterar los planes de tu padre. ¿Qué podría yo decir ahora en contra de este acuerdo que no nos trajera vergüenza a todos? Judá está *aquí*.

Tamar sollozó temblorosa, el temor corrió por sus venas.

Su mamá la agarró por la barbilla y le levantó la cabeza.

—Te he preparado para este día. Si no te casas con Er, para nada nos servirás. Míralo como lo que es: la buena fortuna para la casa de tu padre. Tú construirás un puente entre Zimrán y Judá. Tendremos la paz asegurada.

—Mamá, nosotros somos más numerosos que ellos.

—Los números no siempre importan. Ya no eres una niña, Tamar. Debes tener más valor de lo que estás demostrando.

—¿Más valor que padre?

Los ojos de la madre se oscurecieron de soberbia y de un modo brusco soltó a Tamar.

—Harás lo que se te indique o tendrás que atenerte a las consecuencias por causa de tu desobediencia.

Luego de esta amenaza, Tamar se quedó en silencio. Todo lo que había hecho era una humillación para ella misma. Quería gritarle a sus hermanas para que dejaran a un lado el tonto parloteo. ¿Cómo podían estar tan contentas con su desdicha? ¿Qué importancia tenía que Er fuera un buen tipo? ¿Acaso no habían oído hablar de sus crueldades? ¿No sabían lo arrogante que era? ¡Se decía que Er causaba problemas adondequiera que iba!

—Más carbón para los ojos, Acsah. La hará parecer mayor.

Tamar no podía calmar los latidos de su corazón. Le sudaban las palmas de la mano. Si todo salía como esperaba su padre, su futuro quedaría establecido hoy mismo.

Esto es bueno, se decía Tamar, *es algo bueno.* Sentía que la garganta le ardía y se le apretaba con las lágrimas.

—Párate, Tamar —le dijo su madre—. Déjame mirarte.

Tamar obedeció. Su madre suspiró, la miró con cuidado y haló los dobleces del vestido rojo, volviendo a drapear los del frente.

—Acsah, debemos disimular su falta de curvas, o será difícil para Zimrán convencer a Judá de que ella ya tiene suficiente edad para concebir.

—Yo le puedo enseñar los trapos, mi señora.

—Qué bueno. Ténlos listos en caso de que los pidan.

Tamar sintió el calor que le subía a la cara. ¿No había privacidad alguna? ¿Tenían todos que hablar hasta de los hechos más personales de su vida? Su primera muestra de sangre proclamaba que ya era una mujer y que para su padre era útil, como si se tratara de una pieza para regatear. Era un artículo para vender, una herramienta para fraguar una alianza entre dos clanes, un sacrificio para asegurar la paz. Tenía la esperanza de que la olvidaran por uno o dos años. Con solo catorce años parecía demasiado joven como para interesar a un hombre.

Esto es algo bueno, se repetía Tamar. Y mientras que en la mente se le amontonaban otros pensamientos que la hacían sentirse tensa en el estómago a causa de los temores, una y otra vez Tamar se repetía las mismas palabras, tratando de convencerse. *Esto es algo bueno.*

Si tal vez no hubiera oído la historia …

Tamar recordaba que desde que tenía uso de razón, su padre siempre le temió a Judá y a su pueblo. Había oído las historias acerca del poder del Dios de los hebreos, el Dios que convirtió a Sodoma y Gomorra en escombros con una tormenta de fuego y azufre dejando detrás un desierto de arena blanca y un creciente mar salado. ¡Ningún dios canaanita jamás demostró tanto poder!

Y también estaban las historias de lo que los hebreos habían hecho al pueblo de Siquén, historias de alboroto...

—Mamá, ¿por qué tiene que ser de esta manera? ¿Acaso yo no tengo ni voz ni voto en cuanto a mi futuro?

—No más que las demás muchachas. Yo sé cómo te sientes. Yo no era mayor que tú cuando vine a la casa de tu padre. Así son las cosas, Tamar. ¿Acaso no te he preparado para este día desde que eras una niñita? Te dije para lo que naciste. Luchar en contra de tu destino es como luchar contra el viento.

Se asió de los hombros de Tamar.

—Sé una buena hija y obedece sin poner objeciones. Sé una buena esposa y cría muchos hijos. Haz estas cosas que te honrarán. Y si tienes suerte, tu esposo llegará a amarte. Si no, tu futuro estará seguro en manos de tus hijos. Cuando seas vieja, te cuidarán igual que tus hermanos me cuidarán a mí. La única satisfacción que tiene una mujer en esta vida es saber que ayudó a fortalecer el hogar de su esposo.

—Pero mamá, este es el hijo de Judá. Er, el hijo de Judá.

Los ojos de la madre parpadearon como asintiendo, pero permaneció firme.

—Busca la manera de cumplir con tu deber y cría hijos. Debes ser fuerte, Tamar. Esta gente es fiera e impredecible. Y son orgullosos.

Tamar se volvió ocultando su cara.

—No me quiero casar con Er. No me puedo casar con él.

La madre la agarró por el pelo halándole la cabeza para atrás.

—¿Serías capaz de destruir a nuestra familia humillando a este hombre que es hebreo? ¿Crees que tu padre te dejaría vivir si llegaras a esa habitación rogando que te libren de casarte con Er? ¿Tú crees que Judá no le dará importancia a un insulto así? Te digo esto, me uniría a tu padre para apedrearte si se te atrevieras a arriesgar las vidas de mis hijos. ¿Me oíste? Tu padre decide con quién y cuándo te casarás. ¡No tú! —La soltó y temblando se alejó—. ¡No actúes como una tonta!

Tamar cerró sus ojos. Se hizo un silencio absoluto. Sentía la mirada fija de sus hermanas y de la nana.

—Lo siento —balbuceó—. Lo siento. Haré lo que debo hacer.

—Como todas debemos hacer —dijo su mamá suspirando. Le tomó las manos y se las frotó con aceite perfumado—. Tamar, sé sabia como una serpiente. Judá mostró sabiduría al considerarte. Tú eres fuerte, más fuerte que estas otras. Todavía no te has dado cuenta de la inteligencia y de la fortaleza que posees. Este hebreo se ha interesado en ti. Por favor, tienes que agradarlo. Sé una buena esposa para su hijo. Sirve de puente para nuestra gente. Mantén la paz entre nosotros.

El peso de la responsabilidad que le estaban dando la hizo bajar la cabeza.

—Haré el esfuerzo.

—Tendrás que hacer más que esforzarte. Tendrás éxito.

Su madre se inclinó y la besó ligeramente en la cara.

—Ahora estáte quieta para que te repongas mientras yo le mando a decir a tu padre que ya estás lista.

Tamar trató de pensar con calma. Judá era uno de los hijos de Jacob que arrasó con el pueblo de Sequín por la violación de su hermana. Quizás, si el hijo de Hamor tuviera más conocimiento acerca de estos hombres, la hubiera dejado en paz. Cuando reconoció su error, hizo todo intento posible para aplacar a los hijos de Jacob. Ellos querían sangre. El príncipe y su padre habían acordado que todos los hombres en Siquén se mutilaran según el rito hebreo de la circuncisión. Estaban desesperados por conseguir una alianza de matrimonio y la seguridad de paz entre las dos tribus. Habían cumplido con todos los requisitos de los hebreos, y con todo, tres días después de que circuncidaran a los siquemitas, mientras estaban enfermos con fiebre, Judá y los hermanos se vengaron. No estaban satisfechos con la sangre de los agresores y mataron a todos los hombres a filo de espada. Nadie sobrevivió y saquearon la ciudad.

Los hebreos eran la peste para las narices de los cananitas. Su presencia motivaba temor y desconfianza. Aunque Judá había dejado la casa de su padre y vino a vivir entre la gente de Tamar, su padre nunca durmió bien teniendo a Judá tan cerca. Hasta la vieja amistad de Judá con Hirá, el adulanita, no le dio confianza a su padre. Tampoco importaba que Judá tomara una esposa canaanita, que le había dado tres hijos, y los criara a la manera de ellos. Judá era un hebreo. Judá era un extraño. Judá era una espina en la vida de Zimrán.

A través de los años su papá había hecho contratos con Judá que le permitieron traer sus manadas a los campos ya cosechados. El arreglo probó ser de beneficio para todos y dio por resultado una alianza tentativa. Durante todos estos años, Tamar supo que su papá estaba buscando una forma mejor y más perdurable para mantener la paz entre él y los hebreos. Un matrimonio entre las dos casas podía asegurarlo, si ella lograba bendecir la casa de Judá teniendo hijos.

Efectivamente, Tamar entendió por qué su papá estaba tan empeñado en efectuar su matrimonio con Er. Incluso comprendió la necesidad de hacerlo. Reconoció el papel que ella jugaba en todo esto. Pero comprenderlo no lo hacía más fácil. Después de todo era ella a quien estaban ofreciendo como un cordero para el sacrificio. No podía elegir si quería casarse o no. No tenía libertad para elegir al hombre con quien se casaría. La única decisión que quedaba en sus manos era cómo encarar su destino.

Cuando su mamá volvió, Tamar ya estaba lista, ocultó sus sentimientos al hacer una reverencia. Levantó la cabeza y su mamá, colocándole ambas manos encima, murmuró una bendición. Entonces le levantó el mentón.

—Tamar, la vida es difícil y yo lo sé mejor que tú. Todas las muchachas sueñan con el amor mientras son jóvenes, pero esta es la vida, no los sueños idílicos. Si tú hubieras sido la primera en nacer, te hubiéramos mandado al templo de Timnat en lugar de mandar a tu hermana.

—Allí no hubieras sido feliz.

De hecho, ella hubiera preferido suicidarse en lugar de llevar la vida que tenía su hermana.

—Así que, Tamar, esta es la única vida que te queda… acéptala de buen gusto.

Resuelta a aceptarla, Tamar se levantó. Trató de tranquilizar sus temblores mientras seguía a su mamá al salir de la cámara de las mujeres. Tal vez Judá decida que ella es demasiado joven. Quizás diría que era demasiado flaca, demasiado fea. Quizás escaparía de casarse con Er. Pero al final esto no cambiaría nada. La verdad era difícil de enfrentar. Ella tenía que casarse, porque una mujer sin marido ni hijos era igual que estar muerta.

Judá observó detenidamente a la hija de Zimrán a medida que entró al salón. Era alta y esbelta y muy joven. Además era ecuánime y elegante. Le gustó la manera en que se movía mientras servía la comida con su madre. Durante su última visita después de la cosecha, él consideró su elegancia juvenil. Zimrán puso a esta muchacha a trabajar en el campo próximo a los pastos del rebaño de manera que Judá y sus hijos las vieran. Él sabía bien el propósito que tenía Zimrán al colocarla de esta manera. Ahora, al inspeccionarla más de cerca, la muchacha le pareció demasiado joven para ser una novia. Ella no era mayor que Selá, y Judá así lo dijo.

—Claro que es joven, pero así es mucho mejor. Una joven es mucho más fácil de moldear que una vieja —dijo Zimrán echándose a reír—. ¿O no es así? Tu hijo será su Baal. Será su maestro.

—¿Y qué de los hijos?

Zimrán volvió a reírse y el sonido irritó los nervios de Judá.

—Te aseguro, mi amigo Judá, que Tamar ya tiene edad suficiente para criar hijos y lo era desde la última cosecha, cuando Er se fijó en ella. Tenemos prueba de esto.

De momento la muchacha miró para donde estaba su padre. No disimuló el sonrojarse de vergüenza. A Judá le conmovió esta modestia y la estudió abiertamente.

—Acércate, muchacha —le dijo haciendo un gesto.

Él quería mirarla a los ojos. Tal vez comprendería mejor por qué pensó en ella cuando surgió el asunto del matrimonio.

—No seas tímida, Tamar —dijo Zimrán apretando la boca—. Deja que Judá vea lo bonita que eres.

Cuando ella levantó su cabeza, Zimrán hizo un gesto de aprobación.

—Así es. Sonríe y muéstrale a Judá qué dientes más finos tienes.

A Judá no le importaban ni la sonrisa ni los dientes que la muchacha tuviera, aunque ambos eran buenos. A él le preocupaba la fertilidad. Desde luego, no había manera alguna de saber si ella daría hijos para su tribu hasta que se casara con su hijo. En la vida no hay garantías. Sin embargo, la muchacha procedía de una buena estirpe. Su madre había producido seis hijos y cinco hijas. Ella también debía ser fuerte, porque él la vio en el campo labrando el terreno duro y llevando rocas a la pared. Una muchacha débil estaría dentro de la casa haciendo alfarería o tejiendo.

—Tamar —dijo el padre haciendo un gesto—. Arrodíllate ante Judá. Deja que te mire de cerca.

Ella obedeció sin titubear. Sus ojos eran oscuros, pero no así su mirada, su piel era fresca y rebosante de salud. Una muchacha así podría suavizar el duro corazón de su hijo y hacerlo arrepentir de su vida salvaje. Judá se preguntaba si ella tendría el coraje necesario para ganarse el respeto de Er. Su padre era un cobarde. ¿Lo era ella? Desde que tuvo edad para empezar a caminar Er solo le había traído dolor y era posible que a esta muchacha también le trajera problemas. Tendría que ser fuerte y resistente.

Judá sabía que a él lo podían culpar por lo voluntarioso que era Er. Él nunca debió darle a su esposa la libertad de criar a los hijos. Él pensó que la completa libertad les permitiría desarrollarse fuertes y felices. ¡Ah! Eran tan felices mientras hacían lo que querían y eran bastante fuertes para abusar de otros si no era así. Eran orgullosos y arrogantes por la falta de disciplina. ¡Podrían ser mejores si la correa se hubiera usado más a menudo!

¿Podría esta muchacha suavizar a Er? ¿O se volvería él más fuerte y acabaría con ella?

Cuando Tamar lo miró a los ojos, él vio inocencia e

inteligencia. Sintió un inquietante desespero. Er era su primogénito, la primera muestra de la fortaleza de sus lomos. ¡Se sintió tan orgulloso y contento cuando nació el niño, tuvo tantas esperanzas! *¡Ah!* pensó, *¡esta es carne de mi carne, hueso de mis huesos!* Cómo se reía cuando el jovencito se paraba con la cara colorada por la furia, negándose a obedecer a su madre. Le maravillaba la apasionada rebelión de su hijo, tontamente orgulloso de esto. *Este muchacho será un hombre fuerte,* se decía. Ninguna mujer le dirá a Er cómo vivir.

Judá nunca pensó que su hijo también lo desafiaría.

Onán, su segundo hijo, se estaba convirtiendo en alguien tan problemático como Er. Había crecido bajo las amenazas de los celos de su hermano mayor y había aprendido a protegerse mediante la astucia y el engaño. Judá no sabía cuál de los hijos era el peor. Ambos eran traicioneros. Ninguno era digno de confianza.

El tercer hijo, Selá, iba por el mismo camino de los hermanos. Al confrontarlos con los errores, los hijos de Judá mentían o culpaban a otros. Si se les presionaba mucho para obtener la verdad, recurrían a su mamá, que los defendía sin considerar lo ofensivo que fuera el crimen. El orgullo de ella no le permitía ver las faltas. Después de todo ellos eran sus hijos y eran canaanitas de punta a cabo.

Había que hacer algo, o a Judá se le caería la cara de vergüenza por causa de Er. Se arrepentía de tener hijos, porque ¡hacían estragos con su casa y su vida! A veces su ira era tan intensa, que difícilmente se contenía el impulso de atravesar a uno de ellos con una lanza.

A menudo Judá pensó en su padre, Jacob, y los

problemas que *él* enfrentó en manos de *sus* hijos. Judá le causó tantos problemas a su padre como el resto de ellos. Er y Onán le recordaban a sus hermanos Simeón y Leví. Pensar en sus hermanos le volvió a traer los negros recuerdos del grave pecado que él mismo cometió, el pecado que lo persiguió, el pecado que lo alejó de la casa de su padre porque no podía soportar el dolor que había causado ni estar en la compañía de sus hermanos que habían participado con él en el hecho.

Su padre, Jacob, ni siquiera sabía toda la verdad de lo que pasó en Dotán.

Judá trató de consolarse. Gracias a él se evitó que Simeón y Leví mataran a su hermano José, ¿no es cierto? Pero también recordó que fue él quien los guió a vender al muchacho a los comerciantes ismaelitas que iban de paso hacia Egipto. Él obtuvo una ganancia de la miseria del muchacho, ganancia que también compartió con los hermanos. Solo Dios sabía si José había sobrevivido el largo y difícil viaje a Egipto. Era muy posible que hubiera muerto en el desierto. Si no, ahora sería el esclavo de algún egipcio.

Algunas veces, en las horas oscuras de la noche, Judá permanecía despierto sobre su jergón a causa de la agonía que le producía el remordimiento al pensar en José. ¿Cuántos años pasarían antes de que pudiera dejar todo eso a un lado y olvidar lo que había hecho? ¿Cuántos años pasarían antes de que pudiera cerrar los ojos sin ver los grillos en las manos de José, el cuello amarrado, mientras los comerciantes ismaelitas se lo llevaban a la fuerza? Todavía oía en la mente los gritos del muchacho pidiendo ayuda.

Tenía el resto de su vida para arrepentirse de sus pecados,

años para vivir con ellos. A veces Judá juró que sentía la mano de Dios exprimiéndole la vida por haber planeado la destrucción de su propio hermano.

Zimrán se aclaró la garganta. Judá recordó dónde estaba y por qué vino a la casa de este canaanita. Había estado divagando, pero no debía permitir que el pasado desviara la atención de lo que tenía que hacer acerca del futuro. Su hijo necesitaba una esposa, una que fuera joven, hermosa y fuerte para que pudiera distraerlo de su débil disposición y triquimañas. La boca de Judá permanecía apretada a medida que estudiaba a la muchacha canaanita arrodillada ante él. ¿Estaría cometiendo otra equivocación? Él se casó con una canaanita y vivía arrepentido. Ahora estaba por traer a otra más a la casa. Sin embargo, esta muchacha canaanita lo atraía. ¿Por qué?

Judá tocó la barbilla de la muchacha. Sabía que ella sentía miedo, pero lo disimulaba bien. Esta sería una habilidad muy útil en lo que a Er concernía. Se veía tan joven y candorosa. ¿Destruiría su hijo esta inocencia para corromperla tal y como ansiaba hacer con otros?

Endureciéndose, Judá retiró su mano y se recostó. No tenía la intención de permitir que Er cometiera los mismos errores que él cometió. La sensualidad lo llevó a casarse con la madre del muchacho. La belleza era como una carnada que capturaba al hombre, mientras que la pasión no restringida quemaba la razón. El carácter de una mujer es un punto importante en el matrimonio. Judá pudo haber salido mejor de haber seguido las costumbres permitiéndole a su padre que le escogiera una esposa. Por el contrario, fue terco y se apuró y ahora sufría las consecuencias de su terquedad.

No era suficiente que una mujer provocara la pasión de un hombre. También debía ser fuerte, aunque dispuesta a doblegarse. Una mujer terca era una maldición para el hombre. Su confianza juvenil, tan seguro de que podría doblegar a una mujer de acuerdo a sus caprichos, fue absurda. En cambio, él se había doblegado ante Súa. Fue tonto al pensar que no había daño alguno en concederle a su esposa la libertad de adorar como ella quisiera. ¡Ahora se encontraba cosechando un torbellino con estos hijos idólatras!

Tamar tenía una disposición más calmada que Súa. Tamar tenía valor. Parecía ser inteligente. Él sabía que ella era fuerte porque vio lo mucho que trabajaba. Su esposa, Súa, se sentiría muy satisfecha de esto. No había duda alguna de que tan pronto como le fuera posible le echaría arriba todas sus responsabilidades. La cualidad que más importaba era su fertilidad, y solo el tiempo podría confirmarlo. Las cualidades que él veía eran más que suficientes. Sin embargo, había algo más acerca de esta muchacha que Judá no podía definir, algo raro y maravilloso que fue lo que lo hizo decidir querer tenerla en su familia. Era como si una suave voz le dijera que la escogiera.

—Ella me agrada.

—¡Eres un hombre sabio! —dijo Zimrán respirando profundo mientras le hacía una seña afirmativa a su hija. La despidió y Tamar se levantó. El canaanita no disimuló las ansias de comenzar las negociaciones. Judá observaba a la muchacha a medida que salía de la habitación con su madre. Zimrán dio unas palmadas y enseguida aparecieron dos sirvientes, uno con una bandeja de granadas y uvas, otro con un cordero asado.

—Come, mi hermano, y entonces hablaremos.

No era fácil manipular a Judá. Antes de tocar la comida, hizo una oferta por la muchacha. A Zimrán le brillaron los ojos y comenzó el regateo por el precio de la novia.

Judá decidió ser generoso. El matrimonio, aunque lejos de traerle felicidad, le había enseñado cierta estabilidad y dirección. De manera similar, tal vez Er podría desviar su vida desordenada. Además, Judá quería terminar con Zimrán tan pronto como fuera posible. Las zalamerías de este hombre lo irritaban.

Tamar. Su nombre significa «palma de dátiles». Era un nombre que se le daba a alguien que llegaría a ser hermoso y elegante. La palma de dátiles sobrevive al desierto y produce un fruto dulce y nutritivo, y la muchacha provenía de una familia fértil. Una palma de dátiles se mueve con el viento del desierto sin quebrarse ni desarraigarse y esta muchacha tendría que encarar el temperamento rápido y colérico de Er. Una palma de dátiles podría sobrevivir un ambiente hostil y Judá sabía que Súa vería a esta joven como su rival. Judá sabía que su esposa podría ponerse en contra de esta joven novia porque Súa era vana y celosa de los afectos de su hijo.

Tamar.

Judá albergó la esperanza de que esta muchacha cumpliera todas las promesas que implicaba su nombre.

Tamar esperó mientras se decidía su destino. Cuando la madre apareció por la puerta, ella supo que el tema de su futuro ya estaba decidido.

—Ven, Tamar. Judá tiene unos regalos para ti.

Se sonrojó, se entumeció interiormente. Era la hora de regocijarse, no de llorar. Ya su padre no tendría nada más que temer.

«¡Oh hija!» Sonreía ampliamente el padre. Era obvio que le habían pagado un alto precio por la novia, de lo contrario no la habría abrazado con tanto afecto. ¡Hasta la besó en la mejilla! Ella levantó la cara para mirarlo a los ojos, queriendo que supiera lo que había hecho al darla a un hombre como Er. Tal vez él sentiría alguna vergüenza por usarla para protegerse.

Pero él no la sentía. «Saluda a tu suegro».

Resignada a su suerte, Tamar se postró ante Judá. El hebreo puso las manos sobre su cabeza y la bendijo y la levantó. A medida que lo hacía, él tomó unos aretes de oro y un brazalete de una bolsa que traía en su cintura y se los entregó. Los ojos de su padre brillaban, pero el corazón de ella se hundió.

—Prepárate para salir mañana por la mañana —le dijo Judá.

Sorprendida, habló sin siquiera pensarlo:

—¿Por la mañana? —Y mirando a su padre agregó—: ¿Qué del noviazgo?

La expresión de su padre le advirtió que se callara.

—Esta noche Judá y yo celebraremos, mi hija. Acsah empacará tus cosas e irá contigo mañana. Todo está arreglado. Tu esposo está ansioso por tenerte.

¿Estaba su padre tan preocupado que ni siquiera requería el período acostumbrado de los diez meses de desposorio para prepararse para la boda? ¡No tendría ni una semana para adaptarse a la idea de un matrimonio inminente!

—Puedes irte, Tamar. Prepárate para salir por la mañana.

Al entrar a la cámara de las mujeres, se encontró con su madre y hermanas empacándole las cosas. Incapaz de seguir conteniendo sus sentimientos, Tamar prorrumpió en llanto. Inconsolable, lloró toda la noche, hasta después de que sus hermanas se quejaran y le rogaran que se calmara.

—A ustedes les llegará el día —les dijo con ira—. ¡Un día me comprenderán!

Acsah la cargó y la meció, y por una última noche Tamar se aferró a la niñez.

Cuando salió el sol, se lavó la cara y se colocó su velo de novia. Llegó la madre.

—Alégrate, querida. Judá pagó mucho por ti —dijo con voz entrecortada y algo amargada mientras las lágrimas le corrían—. El hebreo vino con un burro cargado de regalos. Regresa a la casa con solo su anillo de sello y su vara.

—Y conmigo —dijo Tamar suavemente.

Los ojos de su madre se llenaron de lágrimas.

—Acsah, cuídala mucho.

—Lo haré, mi señora.

La madre rodeó a Tamar con sus brazos y le dio un beso.

—Procura que tu esposo te ame y te de muchos hijos —le murmuró contra su pelo.

Tamar se agarró a ella fuertemente, apretándola contra su pecho, hundiéndose por última vez en la ternura y suavidad de una madre.

—Ya es la hora —dijo tiernamente la madre y Tamar se apartó.

Su madre la tocó por las mejillas antes de salir.

Tamar salió a la luz de la mañana. Acsah caminó con ella a medida que se aproximaban a su padre y a Judá, que estaban a cierta distancia. Ella había llorado toda la noche. Ya no podía derramar más lágrimas como una niña, aunque era muy difícil no hacerlo con Acsah sollozando suavemente detrás de ella.

—Tal vez no sea verdad todo lo que oímos —dijo Acsah—. Quizás Er no sea tan malo como dicen algunos.

—¿Qué importancia tiene eso ahora?

—Tamar, ahora tienes que procurar que te quiera. Un hombre enamorado es como barro en las manos de una mujer. ¡Que los dioses tengan misericordia de nosotras!

—¡Ten misericordia de mí y cállate!

Al llegar hasta donde estaban los dos hombres, su padre la besó.

—Sé fructífera y multiplica la casa de Judá —dijo ansioso porque se fueran.

Judá caminó al frente, Tamar y Acsah lo seguían. Él era un hombre alto y daba pasos largos y Tamar tenía que caminar rápido para alcanzarlo. Acsah murmuró una queja en voz baja, pero Tamar no le prestó atención. Por el contrario, decidió lo que haría. Trabajaría mucho. Podría ser una buena esposa. Haría todo lo que estuviera a su alcance para honrar a su esposo. Sabía cómo sembrar un jardín, cuidar una manada, cocinar, tejer y hacer vasijas de barro. Sabía leer y escribir lo suficiente como para mantener adecuadamente las listas e informes de las propiedades de la casa. Sabía cómo conservar las comidas y el agua cuando los tiempos eran malos y cómo ser generosa cuando los tiempos eran buenos. Sabía cómo hacer jabón, cestas, ropa y herramientas así como organizar a los sirvientes. Pero los hijos serían la mayor bendición que le daría a su esposo, hijos que formaran la familia.

Fue el segundo hijo de Judá, Onán, quien salió a recibirlos.

—Er se fue —le dijo a su padre mientras que se quedó absorto mirando a Tamar.

Judá, con furia, clavó en la tierra su bastón.

—¿A dónde se fue?

—Se fue con sus amigos. Se puso bravo cuando supo a donde tú habías ido. Yo me quité del medio. Ya sabes cómo se pone.

—¡*Súa!* —Entró Judá enojado a su casa de piedras.

Una mujer rolliza con unos ojos excesivamente pintados apareció por la puerta.

—¿Y ahora por qué gritas?

—¿Le dijiste a Er que yo venía hoy con su novia?

—Sí, se lo dije —contestó con indolencia desde la puerta—. Y entonces, ¿dónde está?

—Yo soy su madre, Judá, no su guarda. Er volverá cuando esté listo y no antes. Ya sabes como es él —dijo levantando su cara.

La cara de Judá se oscureció.

—Sí, ya sé como es él. —Se agarró a la vara con tanta fuerza que sus nódulos se pusieron blancos—. ¡Es por eso que necesita una esposa!

—Tal vez sea así, Judá, pero dijiste que la muchacha era bonita —dijo dándole una mirada pasajera a Tamar—.

¿Realmente crees que esta muchacha tan flaca volverá loco a Er?

—Tamar es mucho más de lo que parece. Enséñale la alcoba de Er.

Judá salió dejando a Tamar y Acsah paradas ante la casa.

Con la boca apretada, Súa examinó a Tamar desde la cabeza hasta los pies. Luego movió la cabeza en señal de disgusto.

—Me pregunto qué estaba pensando Judá cuando te eligió —dijo volviéndose de espaldas para dirigirse a la casa y dejó que Tamar y Acsah se las arreglaran por su cuenta.

Er regresó muy tarde, acompañado de varios amigos canaanitas. Estaban borrachos y se reían estrepitosamente. Tamar permaneció fuera de su vista, sabiendo cómo reaccionaban los hombres en estas condiciones. Su padre y hermanos a menudo tomaban con plena libertad y discutían violentamente por causa de esto. Conocía la sabiduría de quedarse fuera del camino hasta que pasaran los efectos del vino.

Tamar, sabiendo que la iban a llamar, hizo que Acsah la vistiera con toda las galas de boda. Mientras que esperaban, Tamar se dispuso a poner a un lado todas las cosas terribles que había oído acerca de Er. Quizás los que habían hablado en su contra tendrían motivos ocultos. Ella lo respetaría con el debido respeto que se le daba a los esposos y se adaptaría a sus demandas. Si el dios de su padre le sonreía, ella le daría hijos a Er, y pronto. Si era tan bendecida, los criaría para que fueran fuertes y honestos. Les podría enseñar a ser dependientes y fieles. Y si Er así lo deseaba, ella aprendería acerca del Dios de Judá y llevaría a sus hijos a adorarlo en lugar de someterse a los dioses de su padre. No obstante, su corazón se estremeció y sus temores aumentaron con cada hora que pasaba.

Cuando por fin llamaron a Tamar y su esposo la vio, ella sintió un destello de admiración. Er era alto como su padre y conllevaba la promesa de una gran fuerza física. Tenía una masa de pelo negro, grueso y crespo como su mamá, el cual se recogía atrás según la moda de los canaanitas. La banda de bronce que usaba alrededor de la cabeza lo hacía parecerse a un joven príncipe canaanita. Tamar estaba maravillada con la agradable apariencia de su esposo, pero una mirada a sus ojos bastó para llenarse de dudas. Eran fríos y oscuros y faltos de misericordia. Había orgullo en la manera de inclinar su cabeza, crueldad en la curva de sus labios e indiferencia en sus maneras. Él no se adelantó para tomar su mano.

—Así que esta es la esposa que me elegiste, padre.

Tamar tembló ante este tono de voz.

Con firmeza Judá puso sus manos sobre los hombros de su hijo.

—Cuida bien lo que te pertenece, y que el Dios de Abraham te de muchos hijos con esta muchacha.

Er permaneció sin pestañear, su cara era una máscara inescrutable.

Durante toda la tarde los amigos de Er hicieron chistes crudos acerca del matrimonio. Le hicieron bromas a Er sin misericordia alguna, y aunque él se reía, Tamar sabía que los chistes no le agradaban. Su suegro, perdido en sus pensamientos, tomaba libremente mientras que Súa permanecía recostada cerca a él, comiendo los mejores bocados de la fiesta de la boda sin tomarla en cuenta. Tamar estaba herida, confundida y avergonzada por esta falta de cortesía. ¿Qué había hecho ella para ofender a su suegra? Era como si esta mujer estuviera determinada a no mostrarle ni una pizca de consideración.

A medida que pasaba la noche, su temor dio paso a la depresión. Se sintió abandonada y perdida en el medio de la reunión. Se había casado con el heredero de la familia de Judá, y sin embargo, nadie le hablaba, ni siquiera el joven esposo que se sentó a su lado. Las horas transcurrieron con lentitud. Estaba cansada hasta los huesos por la falta de sueño la noche anterior y la larga caminata hasta la nueva casa. Las tensiones de la fiesta de la boda la debilitaron mucho más. Luchó por mantener los ojos abiertos. Luchó aun más evitando que las lágrimas le corrieran por sus mejillas.

Er la pellizcó. Sorprendida, Tamar saltó y se separó un poco de él. Un calor le subió por las mejillas a medida que reconocía que se había dormido a su lado. Sus amigos se estaban riendo y haciéndole bromas acerca de su juventud y la noche de boda pendiente. Er se reía con ellos.

—Tu nana te preparó la alcoba para nosotros —dijo tomando su mano y haciéndola ponerse de pie.

Tan pronto como Acsah cerró la puerta de la alcoba detrás de ellos, Er se alejó de Tamar. Acsah tomó su lugar afuera de la puerta y comenzó a cantar y a golpear su pequeño tambor. La piel de Tamar se erizó. «Siento que me quedara dormida, mi señor».

Er no dijo nada. Ella esperó, pero sus nervios estaban

muy tensos. Él disfrutaba de esta tensión y con su silencio, jugaba con los nervios de ella. Cruzó sus manos y decidió esperarlo. Él se quitó el cinto con una sonrisa irónica.

—Me fijé en ti el año pasado cuando llevé las ovejas a los campos de tu padre. Creo que por eso mi padre pensó que tú podrías ser mi esposa —dijo dirigiendo a ella su mirada—. Él no me conoce muy bien.

Ella no le llamó la atención a Er por sus palabras hirientes. Consideró que él estaba justificado. Después de todo, su corazón no palpitaba de alegría cuando Judá vino y ofreció un precio de novia por ella.

—Tú me tienes miedo, ¿no es así?

Si ella decía que no, estaría mintiendo. Decir que sí no era sabio.

—Tú deberías de tener miedo. Estoy enojado, ¿o no te das cuenta? —dijo frunciendo las cejas.

Por supuesto que lo sabía, y no sabía qué haría él al respecto. Permaneció callada, conforme. A menudo había visto a su padre rabioso y sabía que era mejor permanecer en silencio. Las palabras serían como el aceite sobre una furia ardiente. Hacía tiempo que su mamá le había enseñado que los hombres eran impredecibles y dados a la violencia si se provocaban. Ella no provocaría a Er.

—Eres una cosita precavida, ¿verdad? —Sonrió despacio mientras se le acercaba—. Por lo menos no pierdes los estribos. Tú has oídos muchas cosas de mí, estoy seguro.

Le pasó los dedos por las mejillas. Ella trató de no retroceder.

—¿Tus hermanos no cuentan historias en la casa?

Su corazón latía cada vez más rápido.

—Como dijo mi padre, ahora eres mía. Mi ratoncita que hará lo que yo quiera. Acuérdame darle las gracias.

Le levantó el mentón. Sus ojos parpadeaban fríamente, haciéndole recordar el chacal a la luz de la luna. Cuando él se inclinó y la besó en la boca, se le pararon los pelos en la parte de atrás del cuello. Él se retiró, evaluándola.

—Cree los rumores, ¡todos y cada uno de ellos!

—Yo trataré de complacerte, mi esposo. Sintió un calor en sus mejillas por el trémulo en su voz.

—Ah, no tengo dudas de que lo intentarás, mi amor, pero no lo vas a lograr.

La boca hizo una curva mostrando el borde de sus dientes.

—No puedes.

A Tamar solo le llevó un día de celebración de la boda que duraba una semana para comprender lo que él quería decir.

Dos

TAMAR se quedó tensa al escuchar los gritos de Er dentro de la casa. Súa también le gritaba. Y aunque el sol del mediodía castigaba a Tamar por la espalda, su sudor se hizo frío. Judá había encargado a su hijo mayor para que ayudara con las ovejas, pero al parecer Er tenía otros planes. A estas alturas el temperamento de Er ya se había calentado tanto que iría a buscar alguna forma para ventilarlo, y su esposa podría ser un blanco fácil. Después de todo, nadie podía interferir.

Tamar mantenía la cabeza baja, mientras continuaba dando azadonadas al pedazo rocoso de tierra que Súa le asignó para cuidar. Deseaba encogerse al tamaño de una hormiga para poderse escurrir por un hueco. Dentro de la casa continuaba la perorata del hijo y la rabieta de la madre. Tamar se arrodilló una vez, esforzándose para no llorar de miedo a medida que desprendía una gran roca de la tierra.

Se enderezó y la tiró hacia un montón cercano que iba creciendo.

En su mente construía una muralla que la rodeaba, alta y gruesa, con un cielo claro arriba. No quería pensar en el temperamento de Er y lo que él le pudiera hacer esta vez.

—A ella se le está yendo de las manos —dijo muy seriamente Acsah, que estaba trabajando a unos pocos metros de distancia.

—Preocuparse hace daño, Acsah.

El propósito principal de estas palabras era un recordatorio mayormente para ella, y no para Acsah. Tamar siguió trabajando. ¿Qué más podía hacer? Cuatro meses en la casa de Judá le habían enseñado evitar a su esposo cada vez que fuera posible, especialmente si estaba de mal humor. También aprendió a ocultar sus temores. Su corazón le podría latir con fuerza, su estómago se retorcía como una cuerda, su piel se enfriaba y se humedecía, pero no se atrevía a revelar sus sentimientos, porque Er disfrutaba el temor ajeno. De eso se alimentaba él.

—Es una pena que Judá no esté aquí —dijo Acsah con disgusto y pateando la tierra con su azadón—. Desde luego, él nunca está aquí. Aunque tampoco esto se le puede criticar.

Tamar se quedó en silencio. Su mente trabajaba frenéticamente buscando un escape sin poderlo encontrar. Si Judá no se hubiera ido. Si en primer lugar hubiera llevado a Er, en lugar de enviar a un sirviente más tarde para recogerlo. Era más fácil controlar a Er cuando Judá estaba presente. Pero si estaba ausente, Er se desorbitaba. Judá no ejercía su autoridad con suficiente frecuencia y a eso se debía el caos de esta familia. Judá prefería los espacios abiertos de las colinas y los campos antes que confinarse en su casa. Tamar no lo culpaba, las ovejas y cabras eran pacíficas, una compañía agradable en comparación a una esposa contenciosa y de mal carácter y unos hijos peleones. A veces Er y Onán se comportaban como bestias salvajes que amarraran juntas y echaran a una caja.

Judá podía huir para escaparse de esto tan desagradable. Judá podía esconderse de su responsabilidad. Día a día Tamar tenía que convivir con el peligro.

Se pasmó su cuerpo cuando algo grande se rompió dentro de la casa. Entre lágrimas y gritando Súa maldijo a Er y este se desquitó. Más lozas golpearon la pared. Una taza de metal voló saliendo por la puerta y cayendo sobre el terreno.

—Hoy debes alejarte de la casa —dijo Acsah calladamente—. Tal vez Súa se imponga.

Tamar, dando una vuelta, dirigió su mirada a la colina distante mientras la batalla rugía detrás de ella. Sus manos temblaban a medida que se limpiaba la cara sudorosa. Cerró los ojos y suspiró. Quizás la orden de Judá fuera suficiente esta vez.

De una forma u otra Súa siempre se imponía —dijo Acsah con amargura. Enojada raspó la tierra seca—. Si le fallan los gritos, estará de mal humor hasta conseguir lo que quiere.

Tamar no hizo caso a Acsah y trató de pensar en cosas más agradables. Pensó en sus hermanas. Ellas reñían, pero disfrutaban estar juntas. Recordó cómo cantaban juntas a medida que trabajaban y se contaban historias para entretenerse. Su padre se enfadaba, como cualquier otro hombre, y a veces discutía a voz en cuello con los hermanos de ella, pero esa experiencia nunca la preparó para lo que le esperaba en la casa de Judá. Cada día intentaba levantarse con una nueva esperanza, pero de nuevo la perdía.

—Si tan solo yo tuviera un lugar aquí, Acsah, una pequeña esquina de influencia... —habló sin compadecerse.

—La tendrás cuando tengas un hijo.

—Un hijo.

A Tamar le dolía el corazón de tanto anhelarlo. Ansiaba más que nadie tener un hijo, incluso que su esposo, cuyo deseo por un hijo era más una extensión de su propio orgullo que el deseo de prosperar la familia. Para Tamar, un hijo le aseguraría su posición en la casa. Con un bebé en sus brazos dejaría de sentir esa soledad. Podría amar a su hijo y estrecharlo y recibir amor de él. Tal vez un hijo hasta suavizaría el corazón de Er hacia ella, y también su mano.

De nuevo recordó la aplastante condena de Súa: «¡Si no decepcionaras a mi hijo, no te pegaría tan a menudo! Haz lo que él quiera, y quizás él te trate mejor». Tamar derramó lágrimas negras, luchando para no compadecerse. ¿Para qué serviría? Esto solo serviría para hacerla menos resuelta. Le gustara o no, ella era un miembro de esta familia. No permitiría que prevalecieran sus emociones. Sabía que a Súa le deleitaba hacer comentarios hirientes. Nunca pasaba un día sin que su suegra encontrara la manera de apuñalarle el corazón.

«¡Ya pasó otra luna, Tamar, y *todavía* no has concebido! Yo tenía una criatura una semana después de casarme con Judá».

Todo lo que Tamar decía era motivo para que Er se molestara. ¿Qué defensa tenía ella cuando nada de lo que hacía satisfacía a su suegra ni a su joven esposo? Dejó de esperar ternura o compasión de cualquiera de los dos. El honor y la lealtad también brillaban por su ausencia, Súa tenía que valerse de las amenazas para conseguir que Er obedeciera el llamado de Judá.

—¡Te digo que ya está bueno! —gritó Er frustrado, atrayendo la atención de Tamar al altercado entre madre e hijo.

—¡Basta ya, iré a mi padre! ¡Cualquier cosa con tal de alejarme de tus quejas! —dijo saliendo de la casa como un ciclón. ¡Odio las ovejas, si por mí fuera las mataría una por una!

Súa apareció por la puerta con los brazos en jarra y agitada.

—¿Y luego que tendrás? ¡Nada!

—Tendré el dinero de su carne y pieles. Eso es lo que tendré.

—Y todo lo gastarías en una semana. Y luego, ¿qué? ¿Crié yo a un tonto?

Er la insultó haciéndole un gesto rudo antes de volverse para salir. Tamar aguantó la respiración hasta verlo ir por el camino que se alejaba de Kezib. Ella tendría un par de días para descansar de su crueldad.

—Parece que Súa ganó esta batalla —dijo Acsah, añadiendo con pesimismo—: Pero habrá otra, y otra.

—Acsah, basta con los problemas de cada día. No me voy a echar encima las preocupaciones de mañana —dijo Tamar sonriéndose.

Siguió trabajando luego de sentirse un poco aliviada.

—¡Tamar! —llamó Súa—. ¡Si tienes suficiente tiempo para estar chachareando, entonces puedes venir a limpiar este reguero!

Y dando una vuelta desapareció en la casa.

—Ella espera que tú limpies la destrucción que ella y Er hicieron en la casa —dijo Acsah con aversión.

—Shh, o nos traerá más problemas.

Súa volvió a aparecer.

—Deja que Acsah termine en el jardín. ¡Quiero que entres a la casa *ahora mismo*! —y volvió a desaparecer.

Cuando Tamar entró a la casa, caminó con cuidado para no pisar alguno de los pedazos de las vasijas rotas que estaban regadas por el piso de tierra. Súa se sentó a observar sombríamente su telar roto. Agachada, Tamar comenzó a reunir los pedazos de una vasija.

—Espero que Judá esté satisfecho con el desorden que ha hecho —dijo Súa muy molesta—. ¡Pensó que una esposa podría mejorar la disposición de Er!

Le dio una mirada feroz a Tamar como si ella fuera la culpable de todo lo que había pasado.

—¡Er está peor que nunca! ¡Le has hecho más daño que bien a mi hijo!

Luchando por contener las lágrimas, Tamar no se defendió.

Súa, murmurando insultos, enderezó el telar y luego se cubrió la cara para llorar amargamente al ver que el brazo del telar se había roto y la alfombra que estaba fabricando se había enredado.

A Tamar le avergonzaba la pasión de la mujer. No era la

primera vez que veía a Súa prorrumpir en un mar de lágrimas. La primera vez se acercó a su suegra tratando de consolarla, pero todo lo que recibió fue un resonante gaznatón en la cara y que la hicieran culpable del desespero de esta mujer. Ahora Tamar mantuvo la distancia y cambió la mirada.

¿Acaso Súa estaba ciega al daño que causaba en esta familia? Constantemente indisponía a los hijos contra el padre y a los hijos contra los hijos. Discutía por todo con Judá y frente a los hijos, enseñándolos a rebelarse y hacer lo que les diera la gana en lugar de hacer lo mejor para la familia. ¡No era por gusto que su suegra se sentía miserable! Y todos se sentían miserable con ella.

—Judá quiere que Er atienda las ovejas —dijo Súa dándole un tirón al telar y empeorando el desorden—. ¿Sabes por qué? ¡Porque mi esposo no soporta estar lejos de su *abba* más de un año! Tiene que regresar y ver cómo le va a ese desgraciado viejo. Observa a Judá cuando regrese a la casa. Pasará unos días de muy mal humor. No le hablará a nadie. No comerá. Luego se emborrachará y dirá las mismas estupideces que siempre repite luego de ver a Jacob.

—¡La mano de Dios esté sobre mí! —decía haciendo muecas a medida que se burlaba de su esposo.

Tamar miró hacia arriba.

Súa se levantó y comenzó a dar vueltas en redondo.

—¿Cómo el hombre puede ser tan tonto, creer en un dios que ni siquiera existe?

—Quizás sí exista.

Súa le dio una mirada funesta.

—Entonces, ¿dónde está? ¿Tiene este dios un templo en

el cual vivir o sacerdotes que lo sirvan? ¡Ni siquiera tiene una *carpa*! Levantó su barbilla haciendo un gesto de orgullo.

—No es como los dioses de Canaán

Fue a su gabinete y lo abrió de un tirón.

—No es un dios como *este* —dijo levantado la mano con reverencia hacia su ídolo—. No es un dios que pueda ver.

—No es un dios que puedas tocar. Estos dioses encienden nuestras pasiones y hacen que nuestras tierras y nuestras mujeres sean fértiles. —Recorrió la estatua con sus manos mientras sus ojos brillaban fríamente—. ¡Si tú fueras más respetuosa con ellos, tal vez no tendrías una barriga plana y vacía!

Tamar sintió la ofensa, pero esta vez no permitió que la penetrara mucho.

—¿No fue el Dios de Judá quien destruyó a Sodoma y a Gomorra?

—Así dicen algunos, pero yo no lo creo —dijo Súa riéndose con desprecio.

Cerró el gabinete con firmeza, como si estas palabras pudieran traer la mala suerte a su casa. Se volvió y frunciendo el entrecejo mientras miraba a Tamar, le dijo:

—¿Vas a criar a tus hijos de modo que se arrodillen ante un dios que destruye las ciudades?

—Si Judá lo desea así.

—Judá —dijo Súa moviendo su cabeza—. ¿Alguna vez viste a mi esposo adorar al dios de su padre? Yo no. Entonces, ¿por qué sus hijos o yo lo vamos a adorar? Yo les enseñaré a tus hijos la religión que Er decida. Nunca me he postrado ante un dios invisible. No he dejado de serle fiel a los dioses de Canaán, y te aconsejo que tú también les seas fiel. Si sabes lo que te conviene…

Tamar entendió la amenaza.

Súa se sentó en un cojín, se recostó a la pared y se sonrió fríamente.

—A Er ni siquiera le gustaría oír que tú estuvieras pensando en adorar al dios de los hebreos —dijo entrecerrando los ojos—. Creo que tú eres la causa de nuestros problemas.

Tamar sabía a qué atenerse. Cuando Er regresó, Súa le diría que había una insurrección espiritual en la casa. A la mujer le deleitaba revolver los problemas. Tamar sintió deseos de tirar la vasija rota sobre el piso y decirle a su suegra que eran sus acciones las que estaban destruyendo a la familia. Pero en su lugar, tragó su enojo y siguió recogiendo los pedazos mientras que Súa la observaba.

—Los dioses me han bendecido con tres buenos hijos, y yo los traje a la religión *verdadera*, como una buena madre.

Hijos de mal carácter, que trabajan menos que tú, quería gritar Tamar, pero refrenó su lengua. Ella nunca ganaría la guerra con su suegra.

Súa se inclinó hacia el frente y levantó una bandeja que estaba virada para recoger un racimo de uvas. De nuevo tiró la bandeja.

—Quizás debas orarle a Asera más a menudo y darle mejores ofrendas a Baal para que tu útero se abra.

—Conozco a Asera y a Baal. Mi padre y mi madre entregaron a mi hermana para que sirviera como una sacerdotisa en el templo de Timnat —dijo Tamar levantando la cabeza.

Pero no agregó que ella nunca pudo aceptar sus creencias ni decir en alta voz que le tenía más lástima a su hermana que a todas las demás mujeres. Una vez, durante una visita a Timnat durante un festival, ella vio a su hermana mayor sobre una plataforma del altar realizando el acto sexual con un sacerdote. El rito tenía la intención de incitar a Baal y devolver la primavera a la tierra, pero al ver la escena, Tamar se llenó de disgusto y temor. Se asqueó aun más con la excitación de la multitud que presenciaba aquella escena. Se retrajo, dobló por la esquina de un edificio y se fue corriendo. No dejó de correr hasta que salió de Timnat. Se escondió en el medio de un olivar y allí permaneció hasta por la noche cuando su madre la encontró.

—Tú no eres muy devota —murmuró Súa.

No, no lo soy, se dijo Tamar. Sabía que nunca podría ser devota si no creía. Los dioses no tenían sentido para ella. Todos sus esfuerzos para adorarlos la llenaban de una extraña sensación de repugnancia y vergüenza.

Súa se levantó y volvió a su telar. Ya se había calmado lo suficiente como para comenzar a desenredar los hilos.

—Si fueras una verdadera creyente, ya tendrías una criatura en tus entrañas —le dijo mirando a Tamar.

Sin duda alguna trataba de evaluar el impacto de las palabras dichas con toda intención.

—Creo que los dioses están bravos contigo, ¿no te parece?

—Tal vez —concedió Tamar sintiendo un poco de culpabilidad.

Los dioses de Súa no eran más que estatuas de barro, piedra y madera. No podía creer en ellos como Súa, tampoco los adoraría con tanto fervor. Por supuesto, Tamar decía las oraciones como se esperaba que hiciera, pero las palabras eran vacías y sin poder alguno. Nadie había tocado su corazón y su mente estaba muy lejos de convencerse.

Si los dioses de Canaán eran tan poderosos, ¿por qué no fueron capaces de salvar o proteger a la gente de Sodoma y Gomorra? Seguro que una docena de dioses serían más poderosos que uno, si es que eran dioses verdaderos.

¡Ellos no eran más que piedras esculpidas, maderas talladas y barro moldeado por manos humanas!

Tal vez no haya un dios verdadero.

Su corazón también se rebeló ante este pensamiento. El mundo que la rodeaba, los cielos, la tierra, el viento y la lluvia, decían que había algo. Quizás el Dios de Judá fuera ese *algo*. Un escudo en contra de los enemigos. Un refugio en la tormenta. No, una fortaleza... ¡Oh!, cómo ansiaba saberlo. Sin embargo, no osó preguntar.

¿Qué derecho tenía de molestar a Judá con preguntas, especialmente cuando tantas otras cosas lo absorbían?

Algún día, quizás, tendría el tiempo y la oportunidad de preguntarle.

Mientras tanto, esperaría y tendría la esperanza de ver alguna señal de lo que creía Judá y cómo él adoraba.

✦ ✦ ✦

Judá y Er regresaron cinco días más tarde. Tamar los oyó discutir mucho antes de que entraran a la casa.

—Tamar, vete a ordeñar una de las cabras y dile a tu nana que haga pan. Si los hombres comen, quizás mejoren el humor —dijo Súa suspirando con pesar.

Cuando Tamar regresó con una vasija de leche fresca de cabra, Judá estaba reclinado en uno de los cojines. Tenía los ojos cerrados, pero Tamar sabía que no estaba dormido. Su cara estaba tensa y Súa estaba sentada cerca a él, mirándolo. Es probable que de nuevo lo estuviera envenenando, y él hacía lo mejor que podía para callarla.

—Cinco días, Judá. *Cinco días.* ¿Tenías que demorarte tanto?

—Pudiste haber venido conmigo.

—¿Para hacer qué? ¿Oír a las esposas de tus hermanos? ¿Qué tengo yo en común con ellas? ¡Y no le caigo bien a tu mamá! —dijo Súa lloriqueando y quejándose como una niña egoísta.

Tamar le ofreció leche a Er.

—Vino —dijo haciendo un gesto con la quijada— ¡Quiero vino!

—Yo quiero leche —dijo Judá abriendo sus ojos lo suficiente para mirarla.

—Ven y dame eso. Yo le serviré a mi esposo mientras tú atiendes a mi hijo —dijo Súa levantando la cabeza.

Después Súa agarró la jarra, vertió la leche en la taza y se la entregó a Judá, entonces dejó la jarra a su alcance para que él se volviera a servir.

Cuando Tamar regresó con el vino para Er, todavía Súa seguía molestando a Judá.

—Judá, ¿qué ventaja tiene ver a tu padre? ¿Hubo algún cambio? Cada vez que vienes de su carpa te sientes miserable. Deja que Jacob llore a su segunda esposa y a su hijo. Olvídate de él. ¡Siempre que vas a verlo vuelves a casa para hacerme la vida miserable!

—No voy a desamparar a mi padre —dijo Judá apretando la mandíbula.

—¿Por qué no? Él te abandonó. Es una lástima que el viejo no se muera y nos deje tranquilos...

—¡*Ya está bueno!* —gritó Judá.

Tamar notó que no fue la ira sino el dolor lo que lo hizo gritar. Hizo una mueca y se puso las manos en la cabeza pasándose los dedos por el pelo.

—Súa, refrena tu lengua aunque sea por esta vez —dijo levantando la cabeza para mirarla—. Mejor aún, ¡déjame solo!

—¿Cómo me puedes hablar con tanta crueldad? —lloró ella enojada—. Soy la madre de tus hijos. ¡*Tres* hijos!

—Tres hijos inservibles. Los ojos de Judá se fijaron en Er.

Tamar sintió que el estómago le daba un salto mientras esperaba que él dijera algo que hiciera enojar a Er. Su esposo controlaría su temperamento mientras estaba en presencia del padre, pero más tarde ella sería la que recibiría el resultado de la frustración. Súa siguió hasta que Tamar deseó gritarle para que se detuviera, se fuera, tuviera algún indicio de sentido común. Por fin, Súa salió precipitadamente de la habitación, dejando el lugar en silencio.

Tamar se quedó sola para servir a ambos hombres. La tensión que se notaba en la habitación hizo que se le crisparan los nervios. Rellenó de vino la vasija de Er. Él la vació y la sostuvo en espera de más vino. Antes de rellenarla, ella le dio un vistazo a Judá. Er la miró ceñudo, luego a su padre.

—Onán y Selá pueden cuidar las ovejas durante los próximos días. Yo voy a ver a mis amigos.

Poco a poco Judá levantó su cabeza y miró a su hijo.

—¿Te irás? Su voz era suave, su mirada dura.

Er cambió. Miró adentro de su vasija y luego bebió el contenido.

—Desde luego, con tu permiso.

Judá miró a Tamar y luego cambió la vista

—Vete. Pero esta vez no te metas en problemas.

Un músculo saltó en la mejilla de Er.

—Yo nunca comienzo los problemas.

—Claro que no —dijo Judá con algo de sarcasmo.

Er se puso en pie y se acercó a Tamar. Instintivamente ella retrocedió, pero él la agarró por el brazo y se la acercó.

—Te extrañaré, mi amor.

Su expresión contradecía burlonamente las palabras, y sus dedos la pellizcaron. La soltó y la pellizcó en la mejilla.

—No te entristezcas. ¡No estaré mucho tiempo fuera!

Cuando se fue su hijo, Judá suspiró aliviado. Apenas notó la presencia de Tamar. Recostado, se aguantaba la cabeza como si le doliera. Tamar se agachó calladamente esperando que él la mandara a salir. Él no lo hizo. Cuando Acsah llegó con el pan, Tamar se levantó y tomó la pequeña cesta que su nana le entregó, haciéndole señas para que tomara su lugar sobre el cojín cercano a la puerta. Debía mantener el decoro.

—Acsah hizo pan, mi señor.

Como él no contestó, Tamar partió la telera de pan y colocó una porción delante de él. Le sirvió una taza de leche de cabra, de un plato tomó un racimo de uvas y cortó una granada. Partió la fruta abierta de manera que la suculenta masa roja se pudiera quitar con facilidad.

—¿Está bien tu padre Jacob?

—Todo lo bien que se puede esperar de un hombre que está sufriendo la pérdida de su hijo favorito —dijo Judá con amargura.

—¿Murió uno de tus hermanos?

Judá levantó la cabeza bajando las manos y la miró.

—Ya hace años, antes de que tú nacieras.

—¿Y todavía tiene luto? —dijo ella maravillada.

—Él llegará a la tumba llorando a ese muchacho.

Tamar nunca había visto una mirada tan atormentada. Sintió lástima de Judá y deseaba saber cómo podría sacarlo de su tristeza. Su expresión se suavizó ligeramente. La intensidad de su examen la incomodó, especialmente cuando su mirada se hizo fría.

—¡Él te dejó la cara marcada!

Con rapidez ella cubrió sus mejillas y ocultó la cara.

—No es nada.

A nadie le había contado ella de los abusos de Er. Incluso cuando Acsah le hacía preguntas, ella se negaba a serle desleal a su esposo.

—Tú también le guardas luto a tu hermano.

—Yo sufro por la manera en que murió.

Curiosa por su tono de voz, lo volvió a mirar.

—¿Cómo murió?

La expresión de Judá se endureció.

—Un animal lo despedazó. No se encontraron los restos, pero su manta estaba llena de sangre.

Las palabras llegaron como si hubiera dicho esto muchas veces y le pesara repetirlo. Cuando ella levantó su fruncidas cejas, notó que la expresión de él era desafiante.

—¿Tú no me crees?

—¿Por qué no te iba a creer? —Ella no quería enojarlo—. Me gustaría saber más de mi familia.

—¿*Tu* familia? —Curvó su boca arrepentido.

Ella se ruborizó. ¿También él tenía la intención de excluirla?

Surgió el enojo junto con un sentimiento de dolor. Fue Judá quien la trajo a su familia, ¡Judá fue quien la eligió para su hijo! Ojalá que no la desamparara.

—La familia a la cual me trajiste, mi señor, la familia que quiero servir, si así me lo permitieran.

—Si Dios así lo quiere…

Su boca mostró una mueca de tristeza. Tomó un pedazo de pan y comenzó a comer.

—¿No me dirás nada? —dijo ella débilmente, su coraje disminuía.

—¿Qué quieres saber?

—Todo. Cualquier cosa. Especialmente acerca de tu dios. ¿Dónde mora? ¿Cómo se llama? ¿Cómo tú lo adoras? ¿Es invisible, como dice mi padre? ¿Cómo sabes que existe?

Judá se recostó.

—Yo pensé que tú querías saber acerca de mi padre y de mis hermanos.

—He oído que el dios de tu padre destruyó las ciudades que estaban en la llanura salada donde ahora se expande un pantano.

—Eso es cierto —dijo él mirando a la lejanía—. El ángel del Señor le dijo a Abraham que Él los destruiría excepto si en medio de los que allí vivían, podían encontrar diez hombres rectos. Abraham vio con sus propios ojos el fuego y el azufre que bajó del cielo —Judá la miró solemnemente—. No importa si no lo puedes ver ni oír. No vive en templos como los dioses de tu padre. Él es…

—Es… ¿qué?

—Solo… *es*. No me molestes con tus preguntas. Tú eres una canaanita. Vete y escoge un ídolo del gabinete de Súa ¡y adóralo! —dijo en tono burlón.

—Tú eres la cabeza de esta familia —dijo Tamar mientras que sus ojos se llenaban de lágrimas.

La cara de Judá se sonrojó y apretó su boca. Hizo una mueca y escudriñó la cara de ella. Frunció el ceño y luego le habló suavemente.

—El Dios de Jacob convierte las rocas en manantiales. O puede aplastar la vida de un hombre con solo un pensamiento. —Sus ojos perdieron toda esperanza.

—¿Dónde mora él?

—Dondequiera que lo desee. En todas partes —Judá encogió los hombros y frunció sus cejas mirando a la distancia—. No te puedo explicar lo que yo no entiendo. A veces no quiero saberlo…

—¿Cómo lo conoció tu pueblo?

—Él le habló a Abraham y también le habló a mi padre.

—¿Así como tú y yo estamos hablando? ¿Por qué un dios de tanto poder se rebaja para hablarle a un simple mortal?

—No lo sé. La primera vez que Abraham lo oyó, élera… una voz. Pero el Señor viene en cualquier momento y de cualquier manera que desee. Le habló a Abraham cara a cara. Mi padre luchó hasta obtener su bendición. El ángel del Señor tocó la cadera de mi padre y lo dejó cojo por el resto de su vida. A veces él habla en… sueños. —Esto último pareció molestarlo mucho.

—¿Alguna vez te habló?

—No, y espero que nunca lo haga.

—¿Por qué?

—Sé lo que me diría. Judá suspiró profundamente y se recostó, tirando el pan en la bandeja.

—Todos los dioses demandan un sacrificio. ¿Qué sacrificio requiere tu dios?

—Obediencia.

Él movió la mano con impaciencia.

—No me hagas más preguntas. ¡Déjame en paz!

Ella murmuró una excusa, sonrojándose. No era mejor que Súa, molestándolo con sus necesidades, sus deseos. Avergonzada, Tamar se fue.

—¿Quieres que le pida a Súa que te sirva?

—Prefiero que me pique un escorpión. Quiero estar a solas.

Acsah la siguió y ambas salieron de la habitación.

—¿Qué dijiste para molestarlo así?

—Yo solo le hice unas preguntas.

—¿Qué clase de preguntas?

—Nada más que preguntas, Acsah. Nada que te importe.

Acsah no comprendía su curiosidad para entender al Dios de los padres de Judá. Acsah adoraba los mismos dioses que Súa y sus hijos, los mismos dioses que adoraban la madre, el padre, las hermanas y los hermanos de Tamar. ¿Por qué ella tenía que ser tan diferente? ¿Por qué ella tenía hambre y sed de algo más?

—Me interesa todo lo que haces —dijo Acsah claramente molesta—. Yo soy tu nana, ¿no es así?

—Hoy no necesito una.

No le podía decir a Acsah que ella quería saber acerca del Dios de Judá. Mientras que todos los que la rodeaban adoraban ídolos de piedra, madera y barro, ella solo fingía. Los dioses de sus padres tenían boca, pero nunca hablaban. Tenían ojos, ¿y no podían ver? Tenían pies, pero no caminaban. ¿Podrían pensar o sentir o respirar? Y ella había visto una verdad acerca de ellos: Los que los adoraban se hacían igual que ellos, fríos y duros. Como Súa. Como Er. Como Onán. Algún día Selá sería igual.

No había nada de frío acerca de Judá. Ella sintió su quebrantamiento. Vio su angustia. ¿Por qué no eran así los otros que supuestamente debían amarlo? ¡Su esposa! ¡Sus hijos! Parecía que nadie les importaba, excepto ellos mismos.

Judá era hebreo y fuerte; sin embargo, Tamar notó que él era un hombre triste, amargado y atormentado. Nunca parecía tener un momento de paz, ni siquiera cuando estaba solo y en silencio. El egoísmo, una esposa peleona y unos hijos busca pleitos no tenían la culpa de todo. Tenía que haber otras razones, más profundas y más complejas. Si Súa sabía cuáles eran, nunca habló de esto con nadie. Al parecer, ni siquiera le importaba el sufrimiento de su esposo. Solo se quejaba de que Judá venía triste cada vez que regresaba de ver a Jacob.

Tamar frunció el ceño, curiosa.

Quizás el desespero de Judá tenía algo que ver con el dolor de su padre.

Y con el hermano que se había perdido.

Judá se arrepintió de haber vuelto a su casa tan pronto. Sería mejor regresar con su manada de ovejas y cuidar a los animales que Er con tanta frecuencia desatendía. Su hijo mayor le pasó toda su responsabilidad a Onán después de tres cortos días. Er era un tonto e inútil como pastor de ovejas. No sentía ninguna compasión por las ovejas que un día le pertenecerían. El muchacho se quedaba allí parado mientras que los lobos destripaban a una oveja indefensa, entonces espantaba a los depredadores solo para luego convertirse él mismo en uno de ellos. A Er le complacía dar el golpe de muerte a uno de los mejores carneros. ¡Luego lo asaba y se comía la carne!

A veces Judá miraba a sus hijos y veía cómo se echaba a perder todo lo que él se había esforzado por hacer. Vio a Simeón y a Leví. Se vio a sí mismo.

Y vio cómo se llevaban a José en el calor sofocante del sol del desierto.

Judá pensó que él pudo escaparse. Pensó que pudo minimizar la responsabilidad.

A veces recordó los primeros días en compañía de los canaanitas. Su amigo Hirá, el adulanita, tendría todas las respuestas.

—¡Come, mi hermano, toma, disfruta la vida al máximo! Cuando te queme la pasión, alimenta las llamas.

Y Judá se había quemado. Anhelaba la corrupción con la esperanza de poder olvidar. Toma mucho y la mente se te opaca. Duerme con las descaradas prostitutas del templo, y tus sentidos derretirán tu conciencia. Después de dejarse vencer por el celo y el enojo contra José, ¿por qué no darse por vencido con las demás emociones que lo empujaban? ¿Por qué no permitir que reinen los instintos? ¿Por qué no dejar que te controle la lujuria? Deseaba de todo corazón ser lo suficientemente duro como para dejar de sentir vergüenza. Quizás entonces el recuerdo de su joven hermano dejaría de perseguirlo.

Pero nada eliminaba ni suavizaba los recuerdos. Todavía los seguían persiguiendo.

A menudo, cuando salía y estaba solo contemplando el cielo, se preguntaba qué sería de su hermano. ¿Estarían los huesos del muchacho emblanquecidos a la orilla de la carretera a Egipto, o, por algún milagro, habría sobrevivido el viaje? Si así era, ¿sería ahora un esclavo fatigándose bajo el sol del desierto, sin esperanza ni futuro?

No importaba lo que Judá hiciera, su vida tenía el hedor a cenizas. No podía escapar del resultado de sus acciones. Era demasiado tarde para encontrar y rescatar a su hermano. Demasiado tarde para salvarlo de una vida que era peor que la muerte. Demasiado tarde para deshacer el pecado que envenenó su propia vida. Había cometido un pecado tan atroz, tan imperdonable, que llegaría al Seol con su alma ennegrecida. Cada vez que veía a su padre, se avergonzaba. No podía mirar a los ojos de Jacob porque en ellos veía las preguntas sin hacer: *¿Qué pasó realmente en Dotán? ¿Qué le hicieron tú y tus hermanos a mi querido hijo? Judá, ¿cuándo me dirás la verdad?*

Y Judá sentía que los ojos de sus hermanos estaban fijos

en él, esperando, aguantando la respiración por el temor de que él confesara.

Incluso ahora, después de todos los años que habían pasado, surgía el antiguo enojo en él. El celo lo quemaba. Deseaba gritar y sacudirse la mancha de la vergüenza. *Padre, si tú nos conocías tan bien, ¿por qué mandaste al muchacho? ¿Por qué nos lo entregaste en nuestras manos si sabías que lo odiábamos tanto? ¿Estabas tan ciego?* Y entonces regresaba el dolor. José no había sido el favorito de Jacob simplemente por ser el hijo de Raquel, la esposa favorita de su padre. José tenía merecido el amor de Jacob. El muchacho siempre corría para complacer al padre, se desvivía por complacerlo, mientras que los demás solo se satisfacían a sí mismo.

Por más que Judá quisiera quitarse la vergüenza de desentenderse de José, esto permanecía como una brea. Este pecado se asió de él, lo hundió, muy profundo, hasta sentir que la sangre se le ennegrecía por causa de esto. Él era el culpable, *¡y lo sabía!*

Y ahora la joven esposa de Er le hacía preguntas acerca de Dios. Judá no quería hablar de Dios. No quería pensar en él.

Muy pronto tendría que enfrentarse a él.

✦ ✦ ✦

Judá mandó decirle a Onán y a Selá que trajeran para la casa la manada de ovejas. Entonces mandó a Súa que preparara una fiesta.

«¿Para qué? ¿Todavía no es luna nueva?»

«Me propongo discutir el futuro con mis hijos». Recogió su manta y caminó en medio de la noche. Prefería la oscuridad y los sonidos de las criaturas nocturnas a la luz de la lámpara antes de la ruidosa crítica de su fastidiosa esposa.

Súa lo siguió afuera.

—¡Ya ellos saben lo que el futuro les depara! Lo han hablado muchas veces.

—¡No lo han hablado conmigo!

Ella se llevó las manos a la cadera..

—Judá, ¿qué tipo de problema estás intentando traer a mi casa ahora?

Él crujió los dientes.

—Hay ciertas cosas que se tienen que aclarar.

—¿Qué cosas? —Ella estaba como un perro con su hueso. No lo dejaba escapar.

—Tú lo sabrás todo cuando ellos lo sepan.

—Ellos son *mis* hijos. ¡Y yo los conozco mejor que tú! Por lo menos podrías ayudarme a mantener la paz aquí. Dime qué planeas hacer. Trataré de prepararlos.

Judá le echó una mirada.

—Ese ha sido el problema desde el principio, Súa. Te dejé libre para criarlos y has arruinado a *mis* hijos.

—¡Que *yo* los he arruinado! ¡Son iguales a ti: testarudos, tienen mal carácter y constantemente están riñendo entre sí! ¡Solo piensan en ellos!

Judá se retiró.

Desde el principio Tamar supo que la fiesta terminaría en desastre. Súa había pasado todo el día quemando incienso en su altar privado y orándole a sus dioses mientras que Tamar, Acsah y los sirvientes llevaron a cabo los preparativos para la fiesta que Judá ordenó. Su suegra estaba de mal humor, más malhumorada que lo normal, tensa y buscando problemas. Tamar no pretendía empeorar las cosas preguntando por qué Súa estaba tan molesta acerca de una reunión de un padre con sus hijos para hablar sobre el futuro.

Er ofreció un cordero grueso. Tamar le oyó decir a uno de los sirvientes que seguramente lo había robado, pero Súa no hizo preguntas. Con rapidez ordenó que lo mataran y lo asaran. El pan fresco ya estaba hecho y colocado en cestas. Las frutas y nueces amontonadas en bandejas. Súa ordenó que todos las jarras se llenaran de vino.

—El agua y la leche harán que la noche sea más amigable —dijo Tamar.

Er era dado a los excesos y sin duda alguna podía tomar hasta emborracharse. Súa lo sabía tan bien como Tamar.

—Los hombres prefieren vino. Así que les daremos vino y bastante —dijo Súa despectivamente.

—Pero Súa.

—¡Ocúpate de lo tuyo! Esta es mi casa, y haré lo que yo quiera.

Se movía por la habitación, dándole patadas a los cojines para colocarlos en su lugar.

—Judá ordenó una fiesta, y tendrá su fiesta. ¡Lo que pase pesará sobre su cabeza! —Sus ojos se llenaron de lágrimas tempestuosas.

Los hijos de Judá comenzaron la fiesta antes de que Judá regresara a la casa. Tamar pensó que el genio de Judá explotaría cuando los viera, sin embargo, se sentó con toda calma y comió sin pronunciar ni una sola palabra. Sus hijos ya se habían servido las mejores porciones. Er ya estaba borracho y en el medio de la historia de cómo uno de sus amigos había hecho tropezar a un ciego que caminaba por la carretera que iba a Timnat.

—Tenían que haberlo visto revolviéndose como una serpiente sobre su barriga, tratando de encontrar su cayado.

Se reía tirándose algunas uvas en su boca.

—Allí —decía yo—, allí y el viejo tonto se arrastraba en la tierra. Nunca llegó a acercarse al cayado. Es probable que todavía esté tratando de encontrar el camino. Tiró la cabeza para atrás y se reía, su madre lo acompañaba.

Tamar trató de ocultar su disgusto.

Er levantó su copa.

—Más vino, esposa.

Él hacía que el título de esposa se oyera como un insulto. A medida que ella se lo servía, él miró a los demás.

—Esperen hasta que les diga cómo conseguí la cabra.

Judá tiró su pan en la cesta.

—Ya has dicho lo suficiente. Ahora yo tengo algo que decir.

—Es por eso que todos estamos aquí, padre. Para oír lo que tienes que decirnos —se sonrió Er.

—Todavía no he decidido quién va a ser mi heredero.

Las palabras sonaron como un rayo que hubiera caído en la habitación. De momento se hizo un absoluto silencio que vino acompañado de una tensión estrepitosa. Tamar observó a los miembros de la familia. Súa estaba pálida y tensa, con los puños cerrados. La cara de Er ya estaba roja a causa de tanto vino, pero ahora se volvió roja oscura. Los ojos de Onán brillaron. Selá era el menos afectado porque se había dormido luego de tomar tanto vino.

—*Yo soy* tu heredero —dijo Er—. ¡Yo soy tu primogénito!

Judá lo miró con calma, sus ojos estaban firmes y fríos.

—Es mi decisión. Si quisiera darle todo a mi siervo, puedo hacerlo.

—¿Cómo te atreves a sugerir una cosa así? —gritó Súa.

Judá no le prestó atención, todavía tenía la mirada fija en su hijo mayor.

—Con tus cuidados las ovejas no prosperan. Ni tampoco tu esposa.

Tamar sintió que el calor afloraba en su cara y luego desaparecía a medida que su esposo y suegra le dedicaban toda su atención. Ambos hablaron al mismo tiempo. Er le gritó una mala palabra, mientras que Súa vino a su pronto auxilio.

—Ella no tiene derecho a quejarse —dijo Súa mirándola.

—Tamar no ha dicho ni una palabra de queja —dijo Judá fríamente— pero cualquiera que tenga la mitad del cerebro y ojos en su cabeza puede ver el trato que ella recibe en manos de *tu* hijo.

—Padre, si te refieres a los golpes en su cara, hace unos días ella se cayó y se golpeó contra la puerta. ¿Verdad que sí, Tamar? *¡Dícelo!*

—Tal vez tú la hiciste tropezar de la misma forma que hiciste tropezar al ciego que iba por el camino.

Er se quedó pálido, pero sus ojos eran como carbones encendidos.

—Tú no me vas a quitar lo que es mío.

—Todavía no lo entiendes, Er. ¿Verdad que no? Nada te pertenece al menos que yo lo diga.

Tamar nunca había oído hablar a Judá en un tono tan

bajo ni tan fríamente ni con tanta autoridad. En este contexto, era un hombre que debía respetarse y temer. Por primera vez, desde que llegó a esta casa, ella lo admiró. Esperaba que no fuera a debilitarse.

—Nada se me quitará de las manos a menos que yo lo ofrezca —dijo Judá mientras cambiaba la mirada entre Súa y sus hijos—. Hoy los reuní aquí para decirles que el que demuestre ser el mejor pastor de ovejas será quien herede mis manadas de ovejas.

—¿Esto es un examen? —dijo Er con una aptitud despectiva, burlándose—. ¿Es ese el caso?

—Dale ahora mismo la manada de ovejas a Onán, si así te parece, padre. ¿Tú crees que al final esto tendrá importancia? Onán es mejor con las ovejas, ¡pero yo soy mejor con la espada!

—¿Has visto lo que has hecho? —gritó Súa—. Has enemistado a mis hijos uno en contra del otro.

—Después que me vaya, es Dios quien decidirá lo que suceda.

—Sí —dijo Er, levantando su cabeza al igual que su copa—. ¡Deja que los dioses decidan!

El vino se derramó sobre sus manos mientras proponía un brindis.

¡En alabanza a los dioses de Canaán! ¡Juro entregar mi primera hija al templo de Timnat y mi primer hijo a los fuegos de Molec!

—*¡No!* —gritó Tamar desesperada al mismo tiempo que Judá se levantó indignado.

Ella no podía respirar. ¿Iba ella a concebir y dar a luz un

hijo solo para verlo morir en las llamas de Tofet o realizar el acto sexual en un altar público?

El orgullo de Er ardía al rojo vivo. Él también se levantó y desafiante encaró al padre.

—¿Crees que a mí me importa lo que tú hagas? *Mis hermanos me seguirán,* padre. Ellos harán lo que yo haga o de lo contrario... —Se detuvo como si le hubieran quitado el aliento. Su cara cambió, sus ojos se abrieron con temor. Se le cayó la copa de su mano, salpicando una mancha roja al frente de su fina túnica. Se apretó el pecho.

—Haz algo, Judá, *¡Ayúdalo!* —gritó Súa.

Er trató de hablar, pero no podía. Se agarró la garganta como si intentara librarse de unas manos invisibles. Selá, que se había despertado con el grito de su madre, se tiró hacia atrás, llorando, mientras que Onán observaba a Er caer de rodillas. Judá le extendió las manos a su hijo, pero Er se cayó boca abajo sobre el plato de carne asada. Allí se quedó tirado.

—¡Er! —dijo Súa—. ¡Ay, *Er!*

Tamar temblaba violentamente y su corazón latía con fuerza. Sabía que debía ir a socorrer a su marido, pero tenía tanto miedo que se quedó inmóvil.

Súa empujó a Judá.

—Deja quieto a mi hijo. ¡Esto es culpa tuya!

Judá empujó a Súa y se arrodilló en una sola rodilla. Puso sus manos en contra del cuello de su hijo. Cuando se retiró, Tamar vio su propio terror retratado en los ojos.

—Está muerto.

—¡No puede ser! —dijo Súa tirándose hacia adelante,

cayendo de rodillas al lado de Er—. Estás equivocado, Judá. Está borracho. Solo está...

Cuando Súa se las arregló para rodarlo, vio su cara y gritó.

Tres

TAMAR lloró con la familia de Judá durante el período normal del luto. Judá estaba seguro de que Dios le había dado la muerte a su primogénito, y Súa, negándose a creerlo, estaba inconsolable. Onán pretendió sufrir, pero Tamar lo vio hablando y riéndose con algunos de los jóvenes canaanitas que se hacían llamar amigos de Er.

Tamar se sintió avergonzada de sus sentimientos. Quería llorar a Er como una esposa debía hacerlo, pero se vio llorando más de alivio que de pena porque despreciaba a su esposo. Él acostumbraba a atemorizarla para mantenerla cautiva y ¡ahora ya era libre! Mezclado a su pena había un profundo temor al Dios de Judá, que sin lugar a duda poseía el poder de la vida y de la muerte. Sintió un temor mucho más profundo por este Dios que lo que nunca sintió por cualquier otro hombre. Cuando el Señor, el Dios de Abraham, Isaac y Jacob, mató al hijo mayor y más rebelde de Judá, este Dios también la libró a ella de una vida de miseria. En un momento dado Er estuvo haciendo votos para sacrificar a sus hijos y llevar por mal camino a sus hermanos y al próximo minuto estaba muerto.

Sus emociones estaban muy confundidas porque la verdad de su situación llegó a manifestarse y alimentarse de sus pensamientos. De ninguna manera ella estaba libre, ahora era una viuda. Su situación no era mejor que antes. De hecho, ¡era peor! No tenía esposo ni hijo, ni tenía una posición en esta familia. No podía regresar a su casa. Tamar sabía que nunca tendría hijos ni hijas, a no ser que Judá hiciera lo que demandaban las costumbres y le diera a Onán como esposo. Su vida sería inútil. Viviría sin esperanza alguna.

¡Solo un hijo la libraría!

Los días pasaron lentamente, y Judá no decía nada. Tamar fue paciente. No esperaba que él hablara del asunto durante el tiempo del luto. Haría lo que debía, ya que era lo suficientemente sabio para saber que no podía dejar las cosas como estaban y hacer que su familia tuviera prosperidad y creciera. El clan de Judá necesitaba hijos e hijas, o su descendencia disminuiría y moriría.

El hecho de no tener hijos la hacía a ella un fracaso como mujer. Judá la eligió para que tuviera hijos para su familia, y esto no había cambiado. Seguía siendo la hija que Judá escogió. Judá debía darle a Onán como esposo. Onán tenía que acostarse con ella y darle un hijo que heredara la porción de Er. Era la costumbre tanto de los canaanitas como de los hebreos. Los hermanos tenían que apoyar a los hermanos.

Tamar sabía esto y no perdió su tiempo pensando cuándo Judá tomaría una decisión, por el contrario, empleó el tiempo preguntándose acerca del Dios de los hebreos. Su corazón temblaba de emoción al considerar el poder de Dios. Quería hacer cientos de preguntas, pero no tenía a quién preguntárselas. Judá había dejado claro que no quería hablar acerca del Dios de su padre.

Así que una y otra vez le dio vueltas en su cabeza, buscándoles respuestas por su cuenta, sin encontrar ninguna. Si Dios mató a Er por prometer los hijos a los dioses de Canaán, ¿por qué no mató a Judá por permitir que Súa los enseñara a adorar a Baal? ¿O acaso la miseria de la vida de Judá se debía a alguna maldición por motivo de algún acto de rebelión? Una vez Judá dijo que la mano de Dios estaba en su contra. Estaba convencido de ello, por lo tanto, debía ser verdad. Judá debía saberlo. Ante estos pensamientos el temor se apoderó de Tamar. Si la mano de Dios estaba en contra de Judá, ¿qué esperanza tenía cualquiera de los miembros de su familia?

¿Cómo se podría ablandar el corazón de un Dios que está bravo con uno? ¿Cómo se aplacaría si uno no sabe lo que él quiere de la persona? ¿Qué se le ofrece como un sacrificio? ¿Qué regalo se le puede ofrecer? *Obediencia*, había dicho Judá, pero Tamar no sabía qué reglas obedecer.

El temor del Señor estaba encima de ella. Sin embargo, a pesar de ese temor, Tamar sintió un extraño consuelo. Ya Er no era su señor. Ahora su suerte estaba en las manos de Judá. Ni una sola vez, durante el año que había estado en esta familia, había visto a su suegro ofrecer sacrificios a los dioses de Canaán. Era Súa la que adoraba con una ferviente devoción a Baal y Asera y una docena de otros dioses. Era ella la que les ponía vino y aceite, y se cortaba el cuerpo. Judá mantenía la distancia, y Súa nunca abrió el gabinete donde guardaba su terafín a la vista de Judá.

Pero tampoco Tamar vio que alguna vez Judá le diera ofrendas a su Dios.

¿Lo haría mientras sus ovejas comían el pasto? ¿Lo adoraría cuando estaba con sus padres o sus hermanos? Su suegro nunca hablaba de esto ni de una forma ni de otra, y Tamar no se atrevía a preguntarle a Súa.

Si el Dios de Judá lo permitía, ella tendría hijos de Onán, y así cumpliría con la esperanza que tenía Judá de formar su familia. Er estaba muerto. A ella la consolaba saber que sus hijos jamás se colocarían en los brazos de Molec ni rodarían sobre los fuegos de Tofet, ni tampoco los enseñarían a realizar actos lascivos con un sacerdote sobre un altar público dedicado a Astarte. Crecerían en los caminos del padre de Judá y no en los de ella misma. Se postrarían ante el Dios de Judá y no se inclinarían ante los de Súa.

Su corazón ansiaba que esto fuera verdad, aunque nada era seguro. Un año en la casa de Judá le había enseñado a Tamar que Súa era la que mandaba. La única vez que Judá ejerció su autoridad, su hijo mayor se rebeló y murió.

Ella no podía ir a Judá para hablarle de estas cosas. Era demasiado pronto, demasiado doloroso. Cuando Judá estuviera listo, él la mandaría a buscar. ¿Qué otra cosa podría hacer? A ella le correspondía tener hijos.

✦ ✦ ✦

Judá reflexionó en el futuro de su familia. Sabía lo que tenía que hacer, pero esperó setenta días antes de llamar a Tamar. Al pararse frente a él en su *tsaip* negro, delgada y con dignidad, su cabeza en alto, Judá reconoció que ella había cambiado. Ya su cara no mostraba las marcas del maltrato. Su piel estaba suave y saludable. Pero había algo más que eso. Ella lo miró con calma y aplomo. Ya había dejado de ser la novia niña y temblorosa que él trajo a la casa para Er.

Judá sabía que Tamar nunca había amado a Er. Se sometió a este, mostrándole a su hijo el respeto que le debía como esposo. Judá nunca la vio agacharse como un perro, aunque él sabía que a ella le habían pegado. Aceptó su suerte y trabajó mucho para llegar a ser parte de la familia. Se sometió a cada uno de los mandatos. Ahora aceptaría su decisión y se atendría a la misma.

—Te estoy dando a Onán como esposo para que puedas tener un hijo para Er.

—Mi señor —dijo ella postrándose ante él.

Judá quería decir algo, cualquier cosa que le diera consuelo y esperanza a esta pobre muchacha. ¿Pero qué podría decirle que no degradara a Er? No importaba la inclinación que su hijo mayor mostrara hacia la iniquidad, Er seguía siendo el primer fruto de los lomos de Judá, la primera muestra de su fortaleza como hombre. Él no podía hablar en contra de Er sin hablar en contra de sí mismo.

Una bendición ayudaría su conciencia.

—Tamar, que seas fructífera y multipliques mi casa.

Ella no sufriría con Onán. Según sabía Judá, su segundo hijo no disfrutaba atormentar a los indefensos.

Cuando Tamar se levantó, subió su cabeza y lo miró. Él estaba incómodo por la ternura que había en los ojos de ella.

—Puedes irte —dijo moviendo la cabeza.

Ella dio una vuelta y de nuevo regresó.

—¿Puedo hablar contigo, mi señor? —Algo la acosaba profundamente.

Él levantó los ojos.

—Ya que yo tengo que criar hijos para tu familia, ¿me enseñarías los caminos de tu Dios?

Él se puso rígido.

—Cuando llegue el momento, le hablaré a Onán al respecto.

—Realmente ya hace tiempo que pasó.

Judá apretó sus puños.

—¿Te atreves a reprenderme?

—No, mi señor —dijo ella confundida. Se puso pálida—. Te ruego que me perdones. Solo quise decir…

Él notó que sus ojos se llenaban de lágrimas, pero no le dio importancia.

—Déjame solo.

Cerró sus ojos e irguió su cabeza señalándole así que se fuera. Oyó los pasos de ella a medida que se alejaba.

¿Por qué Tamar siempre tenía que preguntarle acerca de Dios? ¿Qué podría él decirle? Dios castigó a Er por su cruel arrogancia y también tomó ventaja de Judá. Ojo por ojo, una vida por una vida. Er por José.

Judá se pasó los dedos por el pelo, y luego bajó la cabeza. Tal vez el pasado ahora lo dejaría descansar.

«Esto es lo que él pide: hacer lo que es correcto, amar la misericordia y caminar humildemente con tu Dios». Judá recordó las palabras de su padre como si Jacob se hubiera inclinado para murmurárselas al oído.

Alterado, Judá se levantó y salió de la casa.

Tamar regresó a su habitación y le dijo a Acsah lo que había sucedido. Onás se acostaría con ella y le daría los hijos de Er.

—Judá habló conmigo hace ocho días —dijo Acsah—. Él ha estado contando los días.

Tamar se sonrojó.

—Onán es mejor hombre que Er. No te pegará —se sonrió Acsah.

Tamar bajó la vista. Onán era tan buen tipo como Er. Hablaba con mucha suavidad. También podía tener puños como martillos. Ella respiró lentamente. No podía darle cabida al temor. El temor podría prevenir la concepción.

A pesar de esa decisión, su estómago temblaba a causa de las dudas. No tenía razones para esperar un trato tierno de Onán. ¿Por qué esperarlo? Sus amigos eran los mismos que tenía Er.

Acsah la tocó por los hombros.

—Alégrate, Tamar. Judá está de tu parte y en contra de Súa.

Tamar se sacudió para quitarse las manos del hombro.

—Acsah, no seas tonta. En este asunto no hay dos partes. Es una cuestión de necesidad.

—¿Una cuestión de necesidad? ¡Cómo puedes hablar así! Tu suegra pasó semanas quemándole los oídos a Judá y hablándole de ti. Ella no quería que Onán estuviera en la misma habitación que tú, ni mucho menos en la misma cama.

—¿Y tú la culpas? Si yo perdiera un hijo, lloraría tanto como ella.

—O un esposo amoroso. —Acsah bajó el tono de su voz hasta casi parecer un secreto de algo que se conspira—. Todos nos libramos de Er.

Tamar le dio la espalda para no darle la razón.

Acsah agregó:

—Tamar, mejor será que tengas cuidado. Súa está buscando a quién echarle la culpa.

—Entonces ella debe buscar al Dios de Judá —dijo Tamar mientras se sentaba sobre un cojín.

—Ella sospecha de *ti*. Dice que tú hiciste una hechicería.

Tamar le dio una rápida mirada.

—¿Qué poder tengo yo para ayudar o impedir a alguien en esta casa? ¡No soy nadie! ¿Qué gané con la muerte de mi esposo? ¿Estoy mejor ahora que mi esposo está muerto? —Movió su cabeza y perdió su mirada en la distancia—. Nadie creerá a Súa. Todos oyeron a Er rechazar al Dios de su padre, y todos vieron cómo él murió.

Acsah se puso en cuclillas ante ella.

—¿Tú crees que eso es suficiente? —dijo tomando las manos de Tamar y sosteniéndoselas con fuerza—. Mucha de la culpa del carácter de Er le toca a la madre pero, ¿crees que ella lo aceptaría alguna vez?

Tamar se zafó de las manos de Acsah y cubrió su cara.

—¡No le hice ningún daño a Er! —Suspiró profundo mientras que las lágrimas le corrían a pesar de sus esfuerzos para reprimirlas—. ¿Qué clase de familia es esta que todos se empeñan en destruirse unos a otros?

Con sus dedos Acsah oprimió los labios de Tamar.

—Yo sé que tú no le hiciste ningún daño a Er. Eso también lo sabe Judá. Ni una sola vez hablaste mal de Er. Todos sabían que él te pegaba, y todos viraban la cara.

—Entonces, ¿cómo puedes decir...?

—Eres demasiado joven para entender a la gente como Súa. Ella es celosa. Teme perder su posición y entonces miente. La mentira que se repite muchas veces eventualmente se acepta como una verdad.

—¡Solo puedo ser quien soy, Acsah! —Las lágrimas corrían por sus mejillas—. Solo puedo vivir de la mejor manera que conozco.

—Quédate tranquila, mi niña. Tú has prevalecido. Judá te dio a Onán. Eso es señal de que él cree que el Dios de su padre tomó la vida de su hijo a pesar de que Súa diga que tú tienes parte en ese asunto. Pero te lo advierto: Ella es tan astuta como una serpiente. Ahora que Judá ya hizo una decisión, se quedará callada. Durante un tiempo no hará nada. Pero nunca te olvides de esto: Ella es tu enemiga.

—Como siempre lo ha sido, Acsah.

—Ahora más que nunca, pero Judá te protegerá.

Con una triste sonrisa, Tamar movió su cabeza afirmativamente.

—Judá no se coloca ni a la derecha ni a la izquierda de mí. Él se coloca solo, como siempre ha hecho. Todo lo que ha hecho es tomar los pasos necesarios para preservar a su familia.

Dio media vuelta para que Acsah no viera su disgusto y desencanto. Judá se negó a instruirla en los caminos de su Dios, aunque era claro que Dios tenía el poder de la vida y la muerte.

—Acsah, ahora mi carga es mayor que el día en que llegué aquí. Quiero que esta familia prospere. Quiero cumplir con mi deber.

—Lo harás.

—Si tengo hijos.

—No es si los tienes sino cuando ya los tengas —dijo Acsah sonriendo—. Onán te dará un hijo. No tengo dudas de eso.

Tamar no tenía esa misma confianza. Después de todo, Onán era el hermano de Er.

A Acsah le complacía que por fin Judá decidiera ese asunto. Pero su corazón le dolía al ver la indiferencia de esta familia. Ninguno de ellos merecía a Tamar. Ella era amorosa y dulce, una buena trabajadora, leal. A veces el corazón de Acsah se hinchaba de orgullo al ver cómo la muchacha se conducía con dignidad, especialmente cuando enfrentaba los desprecios, insultos y arranques de Súa. En algunas ocasiones Acsah tenía que morderse la lengua para no decir lo que estaba pensando y causarle así más problemas a Tamar.

Ya Judá había tardado bastante en darle Onán a Tamar. Acsah había comenzado a temer que Súa estuviera logrando envenenar a Judá en contra de Tamar. Ella quería a Tamar tanto como si fuera una hija de sus entrañas, y se molestaba al ver cómo la trataban.

Acsah se alegró cuando Judá se interesó en preguntarle por la salud de Tamar. Él se había sentido incómodo y ella comprendió lo que realmente él estaba preguntando y lo libró de pasar más penas.

—El mejor momento para concebir será en diez días.

—Diez días. ¿Estás segura?

—Sí, mi señor.

Acsah no negaba su obligación en cuanto a Tamar o la familia de Judá. La muchacha no tenía secretos para ella. Era la obligación de Acsah vigilar por la salud de Tamar. Sabía cuáles eran los días de su ciclo. Los contaba desde la luna llena para así saber con exactitud cuáles eran los días en que su fertilidad sería mayor.

Aunque el asunto de Onán ya estaba decidido, Acsah estaba preocupada con el ánimo de Tamar. Ella estaba pensativa y reservada. Antes, siempre le contaba lo que pensaba y sentía. Acsah sabía que esto significaba que la muchacha se estaba convirtiendo en una mujer, pero le dolía que la excluyera hasta en cosas sin importancia. Adoraba a esta muchacha y quería lo mejor para ella. ¿Cómo podría levantarle su espíritu si no sabía lo que Tamar estaba pensando? La presionaba, pero Tamar se resistía. No le decía qué le pasaba. Acsah solo podía imaginarse que ella temía revelarle algo que pertenecía a la intimidad física con Onán. Y esto era algo que ella entendía sin dificultad, considerando el trato falto de toda compasión que su querida niña sufrió en manos de Er. Acsah temía por ella y la angustiaba pensar qué podía hacer que no le causara más problemas a Tamar. Un morado por aquí o por allá era común, pero los golpes más duros podrían ocasionar heridas internas y un daño permanente. Y entonces, ¿qué sería de Tamar?

Pero Er ya estaba muerto. En lo secreto, Acsah se alegraba. Ese desgraciado muchacho obtuvo lo que se merecía. Nunca más le pondría una mano encima a Tamar y Acsah estaba agradecida a cualquiera que fuera el dios que lo mató. Eran incontables las veces que *ella* deseó tener el poder para hacer eso mismo. Tenía que taparse los oídos para evitar ponerse brava al oír el llanto sofocado de dolor que Tamar sufría detrás de las puertas cerradas.

Tamar no tenía que temerle a Onán. El segundo hijo de Judá era diferente al primero. Onán era astuto y ambicioso. Atendía el rebaño de su padre como si ya le perteneciera. Acsah sospechaba que Onán codiciaba algo más que la herencia de su hermano. Él también codiciaba a la esposa de su hermano. Acsah había notado la manera en que el muchacho miraba a Tamar. Quizás la lascivia del muchacho se convirtiera en amor, y la vida de Tamar sería más fácil.

Y mejor aún, Onán estaría ansioso por cumplir con su deber para con ella. El primer hijo que Tamar tuviera sería para Er, pero tendrían otros que le pertenecerían a Onán. A Acsah se le hacía difícil esperar el día en que tuviera que ayudar a Tamar a traer un hijo al mundo. ¡Ah, volver a ver esa querida sonrisa, oírla reírse, ver que de nuevo sus ojos brillaran de felicidad! Las lágrimas llenaron los ojos de Acsah de solo pensar en esto.

Acsah tomó la escoba y la cesta, y entró en la habitación donde Tamar y Onán se acostarían juntos. Puso la cesta al lado de la puerta y trabajó con todo vigor. Cantaba a medida que trabajaba, despojando la asamblea divina de la habitación. A algunos espíritus les gustaba impedir los deseos y prevenir la concepción. Debía barrerse y evitar que regresaran. Era la obligación de Acsah velar por esto. Debía proteger a la joven pareja y abrir el camino para hacer el amor sin impedimentos.

Acsah tomó un gran empeño en su trabajo. Se aseguró de barrer cada centímetro de las paredes, el techo y el piso. Luego mezcló la argamasa y rellenó los huecos de la pared de piedras para que los espíritus malignos no pudieran entrar por ahí. Trajo alfombras de caña y con cuidado las colocó sobre el piso de tierra. Llenó las pequeñas lámparas con aceite perfumado y colocó bandejas de incienso en cada una de las cuatro esquinas de la habitación. El aire de la recámara estaría permeado de una fragancia dulce de almizcle que estimularía los sentidos y los deseos. Tomó una mandrágora de su canasta y raspó las astillas de la preciosa raíz en una vasija al lado de la jarra de vino.

La mandrágora aumentaría la fertilidad de Tamar. Por último, tomó una tela de lana y la tiró sobre la estera donde la pareja se acostaría.

Se paró a la puerta, Acsah inspeccionó cada aspecto de la habitación. Tenía que asegurarse de que todo estuviera en su lugar, que nada se le olvidara. Se oyeron voces y música provenientes de la habitación principal. Había comenzado la fiesta de la boda. Pronto ella guiaría a la pareja a su recámara.

Como última precaución, Acsah volvió a entrar en la habitación y tomó la harina fina de una bolsa que colgaba de su cintura. La esparció por el piso desde el borde de las paredes hasta la puerta de entrada. Con cada movimiento de sus brazos, recitó los encantos para espantar a los espíritus de la habitación. No estuvo satisfecha hasta ver todo cubierto con una fina capa de harina. Si cualquier espíritu regresaba, ella vería las marcas de los pies en el polvo blanco y advertiría la presencia de ellos.

Acsah cerró firmemente la puerta. Llenó las rendijas alrededor de la puerta hasta dejar sellada la habitación.

Por último, ya satisfecha, se sentó y descansó. Dejaría que Tamar celebrara durante una hora más. Tal vez una o dos copas de vino relajarían a Tamar y disfrutaría mejor. Acsah, sonriendo, murmuró una oración a sus dioses. Pronto guiaría a la joven pareja hasta la recámara. Se aseguraría de que ningún espíritu hubiera entrado y luego cerraría la puerta detrás de Onán y Tamar y permanecería en guardia en contra de los espíritus que intentaran evitar la concepción. Se sentaría recostada a la puerta cerrada y tocaría su pequeño tambor y cantaría una canción para alejar los demonios y hacer que los corazones jóvenes latieran de pasión. Si podía mantener alejados a los espíritus celosos durante un tiempo suficiente, Tamar podría concebir. Y luego, por último, a esta muchacha que Acsah amaba y servía la respetarían como merecía por concebir un hijo.

Pronto Tamar supo que Onán era diferente a su hermano Er, su maldad era más astuta.

El vino hizo que la cabeza de Tamar se sintiera vana y también así estaban sus sentidos por causa de los perfumes de las hierbas dulces y el sonido del tambor de Acsah, pero a pesar de todo, ella notó el momento exacto en que el hermano de Er le negó la oportunidad de tener un hijo. Gritó, pero él le cubrió la boca con la suya, silenciando su protesta. Ella luchó como una fiera y se liberó, huyendo de él.

—¡Me has deshonrado! —dijo agarrando su ropa para cubrirse—. ¡Y has traicionado a tu propio hermano!

Onán se sentó, respirando con fuerza.

—Te lo prometo, te trataré mejor que Er.

—¿Y esto es mejor?

—Te trataré con bondad y…

¿Bondad? Er abusó de ella, Ahora Onán la estaba usando.

—Estamos juntos con un propósito: concebir un hijo para Er.

Onán se estiró en su lado de la alfombra.

—¿Qué hay de malo con disfrutar juntos?

Tamar lo miró sin contestar.

Los ojos de Onán estaban entrecerrados.

—Deja de mirarme como si yo fuera un insecto que encontraste debajo de una piedra.

—Tú debes cumplir con tu obligación hacia mi esposo muerto, tu hermano.

—¿Yo *debo*? —Se oscureció la cara de Onán—. ¿Y quién eres tú para decirme lo que yo debo hacer?

—Tú sabes quién soy yo y cuál es mi posición en esta casa. ¿Harás lo correcto o no?

—Te prometo cuidarte. Siempre tendrás un techo para cubrirte y comida que comer. Te daré todo lo que requieras.

Su cara se puso roja. ¿Realmente pensaba él que ella le permitiría tratarla como a una prostituta? Casi no aguantaba verlo.

—Solo requiero una cosa de ti, Onán, ¡y acabas de derramarla al suelo!

Tamar le tiró la túnica de él.

Onán se la puso y se sonrojó, pero sus ojos permanecían calculadores.

—Er decía que tú eras terca. Podrías intentar comprender mi situación.

Ella no era tonta y sabía exactamente lo que él pretendía hacer. Ella sabía que Onán era codicioso, pero nunca se imaginó esta injusticia abominable.

—¡Tú quieres la doble porción de Er, al igual que la tuya!

Onán estaba lleno de avaricia.

—¿Por qué no debo tenerla toda? ¡Ya la he trabajado!

—Tú tienes tu porción. No tienes derecho a la de Er. Esa le pertenece a su hijo.

Una sonrisa desfiguró la cara de Onán.

—¿Qué hijo?

Los ojos de Tamar ardían con lágrimas de rabia.

—En esto tú no te saldrás con la tuya, Onán. Yo no soy una ramera para que me uses.

—Sé razonable, Tamar. ¿Alguna vez Er cuidó el rebaño como yo lo hago? ¿Te he pegado o te he insultado? ¿Alguna vez te mostró él alguna bondad? ¿Aunque solo fuera una vez? ¡Todo lo que hizo mi hermano fue causarte sufrimientos!

—No importa cómo me tratara él o cualquier otro. Él es el hijo mayor de tu padre. Er era el primogénito. ¡Tú tienes la obligación de cumplir con tu responsabilidad hacia tu hermano, o sus descendientes morirán! ¿Crees que Judá no sufrirá por lo que acabas de hacer esta noche?

—No se lo digas.

—No te acompañaré en este pecado. ¿Qué futuro tendré yo si tú haces lo que quieres?

—El futuro que yo te doy.

—¿Y crees que puedo confiar en un hombre que niega a su hermano una herencia?

Onán se puso de pie, molesto.

—¡El nombre de Er debía borrarse! Él mereció morir. ¡Todos estamos mejor sin él!

Tanto odio dejó a Tamar pasmada.

—No debes negarme mis derechos, Onán. Si lo haces, estarás estafando toda la casa de tu padre.

Con la quijada tensa, Onán hizo un sonido de desdén.

—Tú no sabes las cosas que sufrí de manos de mi hermano. Cada vez que mi mamá miraba para otra parte, Er me pateaba. Me alegro que esté muerto. Si quieres saber la verdad, disfruté ver a Er caer muerto. Me dio placer verlo muerto. ¡Me dieron deseos de reír y bailar! —Se burló de ella sonriéndose—. Igual que a ti también.

—A mí no me incluyas en tu perversidad. La porción de Er no te pertenece. Le pertenece al hijo que él hubiera tenido, el hijo que *debes* darme.

Onán volvió a acostarse y apoyándose en un codo dijo:

—¿Y si no te lo doy?

—No puedo creer que realmente me lo quieras negar. ¿Permitirías que el nombre de Er se vuelva polvo como él?

—Al polvo es que pertenece su nombre.

Era como si quisiera asesinar a su hermano.

Lo que Onán estaba haciendo era peor que un asesinato. Estaba negándole la existencia a los descendientes de Er para siempre. Si se salía con la suya, ella nunca tendría hijos. Y entonces, ¿qué sería de ella?

—Por favor, Onán, no debes hacer esto. Piensa en lo que haces.

—He pensado en esto. Es *mi* nombre lo que me preocupa, no el suyo.

—¿Qué clase de hombre eres que destruyes la casa de tu propio hermano?

—¿Qué hermano? ¿Qué casa?

Se rió suavemente. Tomó el borde de la manta de Tamar y la restregó entre sus dedos.

—Soy un hombre que procura quedarse con lo que le pertenece —dijo sonriéndose—. Te puedo hacer feliz. ¿Quieres que te enseñe cómo?

Tamar le arrebató su manto y se alejó. Quería gritarle a Acsah que dejara de tocar el tambor y cantar. ¡Esta noche había sido una burla!

La expresión de Onán se enfrió.

—Debes sentirte satisfecha con lo que te estoy ofreciendo.

Su avaricia la enfermó.

—No me quedaré callada.

—¿Qué puedes hacer? —Se burló de ella igual que Er lo había hecho.

—Puedo hablar con Judá.

Onán se echó a reír.

—Hazlo. Mi padre no hará nada. Nunca hace nada. Además, será tu palabra en contra de la mía, y ¿quién te creerá, Tamar? Mi mamá te odia de todo corazón. Aún más, está convencida de que tú hiciste una hechicería sobre mi hermano que le causó la muerte.

Su sonrisa la vejó.

—Todo lo que tengo que decir es que di mi todo para

cumplir con mi obligación, pero los dioses te han cerrado el útero.

Los ojos de Tamar se llenaron de lágrimas.

—Le diré la verdad a tu padre, ¡y que el Dios de Judá juzgue entre tú y yo! —dijo ella levantándose con la intención de salir de la habitación.

Onán se lanzó tras ella y Tamar trató de evitarlo, pero él la agarró por el tobillo. Cuando ella trató de zafarse, él la agarró por el pie y ella calló fuertemente sobre la estera de caña que estaba en el piso que Acsah había barrido con tanto cuidado.

—¡Satisfácete con lo que tienes, niña, porque de mí no lograrás nada más de lo que intento darte! Y cuando mi padre muera, ni siquiera tendrás tanto como eso, excepto si tú haces un esfuerzo por agradarme.

Tamar sollozó y viró la cara. Onán dejó de asirla con tanta fuerza.

—Shhh.

Él le pasó la mano sobre la mejilla y besó su garganta.

—Está bien, mi dulce noviecita. No llores.

Ella rechazó sus caricias.

—Todos estamos contentos de que Er esté muerto y se haya ido. Tú también debieras estarlo.

Con dulzura le viró la cara y la hizo mirarlo.

—Aún te quiero para mí, Tamar. Siempre quise tenerte, desde el día que llegaste. Y ahora eres mía.

Cuando él trató de besarla, ella viró la cara. Apretó los dientes, cerró los ojos muy apretados y no se movió.

—Decídete a disfrutar las cosas tal y como son porque no cambiarán.

—Prefiero morirme.

Onán maldijo.

—No me tientes. —La estera sonó suavemente mientras él se alejaba de ella. Será como tú quieras. *Nada* tendrás.

Y luego de decir esto se quedó dormido en pocos minutos, sin que su conciencia se molestara en lo más mínimo.

Tamar durmió en la esquina, con las manos sobre su cabeza, mientras que Acsah seguía cantando canciones de amor del otro lado de la puerta.

Tamar pasó la noche recuperándose. Estaba decidida a pelear la injusticia que le habían hecho. Era su derecho, y ella debía reunir todo el coraje para defenderlo. De seguro Judá la defendería. Sin hijos, su familia menguaría y desaparecería. Con el viento desaparecería el nombre de Judá como si fuera polvo. Ella debía llenarse de valor. Debía ser fuerte. Tendría que defenderse porque los hijos de esta maldita casa solo se preocupaban de ellos mismo.

Fue a encontrarse con Judá antes de que Onán ni siquiera se hubiera levantado. Le dijo a su suegro exactamente lo que había hecho su hijo. Le presentó la tela que Acsah había colocado sobre la alfombra para probar su declaración. La cara de Judá se puso roja oscura.

—¡Solo has pasado una noche con Onán! Él recuperará los sentidos, dale tiempo.

¿Tiempo? ¿Era eso todo lo que podía decir Judá? Él debía estar furioso luego de saber que su hijo intentó engañarlo. ¡Onán estaba pecando en contra de toda la familia! Sus hechos eran claros, su motivación era de pura raza y su crimen igual a un asesinato. ¿Cómo Judá podía obviar este pecado en contra de su familia? No importaba cuántas veces Er abusara de ella, pero no iba a permitir que se deshonrara a su esposo muerto. ¿Tendría que gritar subida al techo para que Judá se viera obligado a pedirle cuentas a Onán?

—No permitiré que Onán me toque en estas circunstancias. ¡No es posible!

Los ojos de Judá se encendieron de cólera.

—¿Quién eres tú para decirme lo que deba o no hacer en *mi* casa?

—¿Cómo voy a permitir esto? ¡Soy la esposa de tu primogénito! ¿Verás el nombre de Er desaparecer porque Onán se niega a cumplir su deber?

—¡*Cállate, muchacha!*

La furia se apoderó de ella.

—¡Soy una mujer, Judá, y gritarme no ahogará la verdad de esta humillación!

Ella sabía que Judá no quería que nadie lo presionara, pero tenía el derecho de hacerlo y además era su *obligación* criar hijos.

—¿Por qué me frustras? A todos nos interesa que nazcan hijos.

¿Qué pasará con la tribu de Judá si se permite que las cosas sigan de una manera tan inmoral como esta?

—Sin hijos no se puede trabajar la tierra. Sin hijos no se pueden atender las ovejas.

—¡No necesito que tú me digas eso!

Judá gruñó como un león herido, pero Tamar no se dio

por vencida. Judá no era como Er. No usaría sus puños en contra de una mujer. Y ella podía aguantar todo esto.

—¡Tengo el derecho de tener hijos!

Judá viró la cara, el músculo tenso de su quijada.

—Muy bien —dijo renuentemente— hablaré con Onán cuando tenga la oportunidad. Mientras tanto, deja que las cosas sigan su curso.

Él levantó la mano cuando ella iba a protestar.

—¡Déjame acabar! Si le das tiempo, tal vez mi hijo se enamore de ti. ¿No pensaste en eso? Debieras considerarlo en lugar de causarle problemas. Haz todo lo que puedas para hacer que te ame. Si Onán te amara, sería justo contigo por su propia voluntad, sin que yo tenga que hablarle.

Las mejillas de Tamar se encendieron. Tal y como Onán lo había dicho, Judá no haría nada. Se iría a atender sus ovejas y dejaría en manos de ella cortejar a Onán para que este hiciera lo justo.

—¿Conoces tan poco a tus hijos, Judá?

Er había sido incapaz de amar y a Onán lo carcomían los celos y la avaricia, su única ambición era agarrar todo lo que pudiera ahora que su hermano mayor estaba muerto y no se podía proteger. Judá podría haberlo dicho francamente: Era a ella a quien le correspondía proteger los derechos y porción de su marido. Era ella quien debía encontrar la manera de tener un hijo.

—Conozco a mis hijos —dijo Judá con severidad y mirándola.

Disimuló las lágrimas, porque sabía que Judá no la respetaría si ella las dejaba ver.

—¿Por qué te niegas a encarar el pecado que está delante

de tus ojos? Nunca le llamaste la atención a Er, y ahora viras la cara mientras que Onán se niega.

—¡No me digas cómo debo administrar mi vida o la de mi familia!

—¡*Nunca soñaría con usurpar el lugar de Súa!*

La sorpresa hizo que los ojos de Judá se abrieran al máximo y su cara palideciera.

—Ya has dicho bastante —dijo con una calma helada.

Tamar vio su ira, pero no le importó. Si quería pegarle, allá él. Ya le habían pegado, y no dudaba que en esta familia le volvieran a pegar. No encararía a este león como si ella fuera una oveja.

—Cuando le pagaste a mi padre el precio de una esposa se hizo un pacto entre ustedes dos —dijo haciendo todo lo posible por controlarse y no gritar a causa de su frustración—. Me convertí en la esposa de tu hijo Er, y como esposa de tu hijo, también pasé a ser *tu hija*. ¿Vas a permitir que me traten como a una prostituta? Un hombre que defendió a su hermana contra el príncipe de Sequím…

—Aquellas circunstancias eran completamente diferentes —la interrumpió él con la cara pálida.

Tamar reconoció que había abierto una vieja herida y trató de enmendar su falta.

—Yo soy parte de tu familia, Judá.

Por supuesto, él no la abrazó como a una hija, pero aún así le debía consideración. Él no podía permitir que se pisaran sus derechos bajo los pies de Onán.

—Ten paciencia, Tamar. Ya perdí a Er y no quiero pelear con Onán —gruñó frustrado—. ¡Debe haber otra salida!

Sí la había, pero odiaba mencionarla. Él tenía que

saberlo igual que ella lo sabía, cuál era la única otra alternativa que les quedaba. Tragó en seco, sus mejillas se tornaron rojas.

—Si lo prefieres, puedes seguir las costumbres canaanitas y cumplir tú mismo con la responsabilidad.

Judá levantó la cabeza. Con toda lógica consideró esa sugerencia tan repugnante como ella la consideraba.

—Soy hebreo, no canaanita.

—No quise ofenderte.

—Si tú fueras una mujer completamente adulta, harías que Onán olvidara sus intenciones y no tendrías que venir a tirarme el problema sobre mis hombros.

Los ojos de Tamar se llenaron de lágrimas que dolían. Era mujer suficiente como para concebir. Esto era todo lo que se requería de ella. ¿O acaso él lo había olvidado? ¿Tenía que convertirse en una mujer astuta y taimada para de esa forma cumplir con su obligación con el hijo muerto? ¿Esperaba Judá que ella se comportara como una ramera y tomara de Onán lo que él debía darle gratuitamente? ¡Acaso Judá esperaba que ella corriera hasta Timnat a encontrarse con su hermana para pedirle instrucciones sobre las artes eróticas! Quizás debía adornarse con velos y campanas de manera que la sensualidad venciera a Onán haciendo que este olvidara su avaricia y sin darse cuenta cumpliera con su obligación.

La ira hizo temblar a Tamar.

Una vez más Judá evadió su responsabilidad. Él quería que ella hiciera un complot y planeara que Onán hiciera lo correcto para salvarlo del problema.

—Yo no haré el papel de ramera.

—¿Por qué no? —rió él con cinismo—. Durante años las mujeres lo han hecho.

—*¿Cuándo harás tú lo que es justo?*

—¡Lárgate!

Tamar salió de la casa llorando a lágrima viva. Acsah la siguió.

—¿Qué pasó, Tamar? ¿Qué estaban tú y Judá discutiendo?

Tamar agarró su azadón y comenzó a golpear la tierra. Se limpió las lágrimas que le rodaban por las mejillas y siguió trabajando.

—Dime, Tamar. ¿Onán te maltrató? ¿Al fin y al cabo es igual a Er?

—Déjame tranquila, Acsah. Déjame trabajar en paz.

Ella no estaba dispuesta a contar su vergüenza y la cobardía de Judá para así acumular más humillación.

Una vez más se preparó el salón conyugal, todavía quedaban seis días de la semana de bodas. Onán estaba en un espíritu aun más alto, seguro de haberse salido con la suya. Mantenía su cabeza en alto como un guerrero triunfante y tomó la mano de Tamar cuando Acsah de nuevo los condujo a la alcoba matrimonial. Tamar fue voluntariamente, con la esperanza de que él se arrepintiera y cumpliera con su responsabilidad.

Él no lo hizo así.

Mientras que él dormía, Tamar se sentó a sollozar en la esquina más lejos de la habitación, cubrió su cabeza con el *tsaif* negro. Estaba desprovista de todo, sobreabrumada por la vergüenza y la humillación. Onán destruía la esperanza de tener un futuro honorable. Si él se salía con la suya, ella nunca tendría hijos para la casa de Judá. ¡Era preferible estar muerta!

No fue hasta por la madrugada que Tamar supo que la muerte había llegado.

Y se había llevado a Onán.

Cuatro

LA casa era un alboroto y Tamar estaba en medio de todo aquello. Los que no creyeron las historias de Súa que decían que de alguna forma Tamar era la responsable de la muerte de Er, ahora estaban convencidos de que ella era la responsable de la muerte de Onán. Hasta Tamar comenzó a preguntarse si era culpable. ¿Dos esposos muertos en un año? ¡Qué desgracia! ¿Cómo era esto posible? Sus emociones estaban hechas trizas. Tanto Er como Onán habían sido malos, pero eran muchos los hombres malos que andaban caminando, hablando y viviendo como de costumbre. ¿Por qué los esposos de ella tenían que ser diferentes?

La garganta de Tamar se sentía caliente; le ardían los ojos. Ella era inocente. No tenía nada que ver con estas extrañas muertes, pero los rumores andaban desenfrenados. El chisme desgarró la casa en facciones y Súa era la más chismosa de todos. ¿Cómo era posible que su suegra la llamara bruja? Nunca había hecho una hechicería ni había dicho un encantamiento. Quería defenderse, pero cada vez que comenzaba a hablar, veía la mirada en las caras de los demás y sabía que no adelantaba nada. Ya creían las mentiras y tenían temor.

Tamar también tenía miedo. Desde el día en que llegó a esa familia la trataron como a una esclava despreciada. Todos sabían que Er abusaba de ella, y sin embargo, nadie pronunció una palabra compasiva ni levantó un dedo para ayudarla. Y ahora, aunque Onán la usó para su placer egoísta y le negó el derecho de criar un heredero que pudiera reclamar la porción de Er, todos creían que ella le había deseado la muerte. ¡No era verdad! Ella vino a esta familia esperando ser una buena esposa y criar hijos. Era el Dios del padre de Judá quien había matado a estos jóvenes. ¿No fue el mismo Judá quien dijo esto el día en que murió Er?

Pero Judá no lo volvió a repetir.

¡Judá no dijo *nada!* Rumiaba en silencio y bebía mucho vino para olvidar sus problemas mientras que Súa le llenaba los oídos de mentiras. Tamar sabía que para su suegro era más fácil pensar que ella tenía la culpa en lugar de creer que su Dios estaba destruyendo a la familia. ¿Quién sería el próximo? ¿Selá? ¿Súa?

Cuando Judá la miró, él notó su ira, su sospecha. Buscaba a quien culpar por su miseria. Y todos en la familia la señalaban. Esto hacía que para Judá también fuera fácil acusarla.

El odio de Súa permeaba la casa y Tamar no podía escapar de este. Aunque estuviera trabajando afuera, Tamar sentía la malicia de Súa.

—¡Quiero verla salir de esta casa e irse lejos de mi familia!

¿No entendía Súa que al echarle leña al fuego lo que lograba era destruir su propia familia? ¿Por qué no le rogaba misericordia al Dios de Judá? ¿Por qué no le preguntaba a Jacob qué podría hacerse para que los vientos soplaran a su favor? ¿Por qué Judá se sentaba y sufría en silencio permitiendo así que su familia se desbaratara?

Acsah urgió a Tamar repetidamente.

—Procura hablar con él, Tamar.

—No puedo. No voy a responder a las mentiras de Súa, ni siquiera para defenderme.

—Todos están en tu contra.

—Si el Dios de Judá se llevó a Er y a Onán, ¿qué puedo hacer yo para enderezar las cosas? Eso le corresponde a Judá. Él es la cabeza de esta casa.

—Súa es la cabeza.

—¡Judá lo ha permitido! Lo que a mí me pase está en sus manos. Todo lo que puedo hacer es esperar y ver qué va a hacer él.

A pesar de lo que la gente pensara o dijera de ella, las costumbres requerían que Selá le diera hijos. ¿Pero cómo Judá cumpliría el deber ahora que su segundo hijo estaba muerto? ¿Le entregaría a Selá luego de tener a dos hijos en la tumba?

Tamar lloró en secreto por causa de las cosas crueles que se decían de ella, pero mantenía su compostura ante la presencia de otros. Aunque ella se humillara y rogara ante Súa, no sería suficiente para cambiar el negro corazón de la mujer. Tamar se esforzó en mantener su dignidad ante los enemigos.

Pasó el tiempo del luto, y siguieron las semanas.

Tamar esperó. Tarde o temprano su suegro tendría que hacer una decisión.

Judá esperó que pasaran setenta y cinco días antes de llamar a Tamar. Durante las pasadas semanas él no había hecho más que pensar en la muchacha. Ella tenía el derecho de tener a Selá y a sus hijos, pero él temía que su último hijo muriera si se casaba con ella. Súa insistía en que Tamar era un diablo que hacía hechicerías, pero ¿por qué la muchacha iba a hacer tales cosas? Ella necesitaba hijos que la mantuvieran. Necesitaba un esposo que le diera esos hijos. ¿Por qué iba a matar sus mejores oportunidades para tener un futuro asegurado? Como una viuda sin hijo, ella no tenía esperanza.

Súa seguía amargada e inflexible.

—¡No le des a mi último hijo! Si lo haces, te odiaré por el resto de mi vida.

Ella no debe tener a Selá. Cuando Súa no estaba vociferando y amenazando, es porque estaba buscando el consejo de su terafín. La casa sofocaba con el olor empalagoso del incienso. Cada dos días venía algún médium a la puerta, anunciando que traía un mensaje de los muertos.

—Tienes que deshacerte de Tamar. —Súa estaba rabiosa—. ¡Saca a esa malévola muchacha de mi casa!

Judá nunca vio a Tamar haciendo hechicerías ni

pronunciando encantamiento alguno, pero eso no quería decir que no los hiciera. Tal vez ella no fuera tan sincera como su esposa, que nunca escondió su pasión por las deidades canaanitas.

Judá sabía que Dios se había llevado a Er y que también se llevó a Onán. Quizás, si él hubiera confrontado a Onán por su pecado, como Tamar quería... Judá no pasó mucho tiempo pensando en esta posibilidad. Dios habría matado a sus dos hijos, pero la muchacha traía mal agüero. Desde que la trajo a la casa no le había causado más que problemas. Si se deshacía de ella, tal vez tendría alguna paz.

Selá era el único hijo que le quedaba a Judá. Súa tenía razón. Debían proteger al muchacho. Tamar era la única que constantemente estaba en el medio del desastre que dividía a su familia. Judá no podía arriesgar la vida de Selá dándoselo a ella. Además, Selá le tenía miedo a Tamar. Súa convenció al muchacho de que él moriría si se acostaba con Tamar.

«Judá, ¿cuándo harás lo correcto?»

Las palabras de Tamar carcomían su conciencia, pero él había endurecido su corazón contra estas. Él solo estaba protegiendo a su familia. ¿Por qué debía darle su último hijo a esta peligrosa muchacha? ¿Por qué arriesgarse? ¿Para qué empeorar las relaciones con su esposa? ¿Por qué causarse más dolor?

Además, quién sabe si después de todo Tamar era infértil. En todos los meses que estuvo con Er, no concibió. No fue lo suficientemente deseable para persuadir a Onán. ¿Por qué debía perder a Selá con esta despreciable brujita? Selá era el único hijo que le sobrevivía, su único heredero, su última esperanza. ¡No podía hacer esto!

Judá mandó a buscar a su hijo.

—Vete a Hirá y quédate en Adulán hasta que yo te mande a buscar.

Aliviado de su obligación, Selá alabó la decisión de su padre y obedeció a la mayor prontitud. Judá sintió el remordimiento de la vergüenza, pero este desapareció con rapidez. Él estaba protegiendo a su hijo, incluso al precio de su propio honor.

Al ver que Acsah se le acercaba, Tamar supo que algo más andaba mal y trabajó desconcertada en un completo silencio.

—Acsah, ¿qué es esto? ¿Qué está pasando ahora?

—Hoy por la mañana Judá mandó a Selá lejos.

El corazón de Tamar se desplomó.

—Quizás lo mandó a ver la manada.

—Tamar, la manada no está cerca a Adulán. Y Selá fue para allá.

Tamar miró la tierra que estaba trabajando.

—No hay nada que pueda hacer, excepto esperar, Acsah. Y tener esperanza.

—Efectivamente, no puedes hacer nada —dijo Acsah llorando.

Cuando Judá la mandó a buscar, Tamar fue ansiosa, esperando que él tuviera alguna explicación. Sin embargo, desde el mismo momento en que vio a su suegro, supo que Acsah decía la verdad. Selá se había ido, y no había nada más que hacer.

—Tomé una difícil decisión —dijo Judá muy despacio, incapaz de mirarla a los ojos—. Selá es demasiado joven para tomar la responsabilidad de un esposo.

Selá era dos años mayor que ella, pero Tamar no protestó. Judá estaba excusándose y ambos lo sabían. Discutir con él ahora solo haría que su corazón se endureciera contra ella. Deja que Súa lo intimide con sus mentiras. La verdad se aclarará en su tiempo. Ella sería obediente. Sería paciente. Se comportaría con dignidad, aunque él fuera un cobarde. El tiempo era su aliado. El tiempo y la necesidad. Judá la necesitaba. Er necesitaba un hijo que continuara la línea de la familia. Si Judá le negaba a Tamar el derecho de criar un hijo, sería un hombre que renunciaba a todo honor. ¿Alguna vez se podría confiar en un hombre así?

—Cuando Selá sea mayor, yo te mandaré a buscar.

Tamar parpadeó confundida.

—¿Mandarme a buscar?

¿Qué significaba esto? Buscó su cara y vio cómo sus ojos se endurecían.

—Súa está empacando tus cosas mientras hablamos. Uno de los sirvientes las llevará a ti y a tu nana de vuelta a la casa de tu padre.

—¿A la casa de mi padre? Pero, mi señor, esto es…

—¡No discutas! —Judá ni siquiera le permitió abrir su boca para defenderse—. Esto es lo mejor. Tú te quedarás en la casa de tu padre como una viuda hasta que yo te llame.

—¿Es lo mejor? —dijo fríamente por la sorpresa—. ¿Me vas a despedir por los pecados que se cometieron en contra *mía*?

—No te estoy votando. Tú vas a tu casa.

—*Esta* es mi casa. Con toda lo fría y falta de hospitalidad que siempre ha sido.

—No digas nada más en contra de mi familia. Tomé esta decisión por el bien de todos. Tu presencia ha hecho de esta casa un campo de batalla.

—¡Eres *injusto*! —Comenzó a llorar, avergonzándose de sí misma por completo.

Él cambió la vista.

—Recurrir a las lágrimas no cambiará mi mente —dijo con frialdad.

—¿Y tú crees que mi padre me recibirá con los brazos abiertos? —dijo dejando que le brotara la furia que sentía.

Se esforzó para controlar las emociones que escondía.

—¿Una viuda doble? ¿Sin hijos? ¿Rechazada y votada?

Judá fue implacable.

—Dile que yo quiero que permanezcas como una viuda en su casa hasta que Selá crezca. Cuando llegue ese día, yo te mandaré a buscar.

Tamar elevó la cabeza y mirándolo fijamente a los ojos dijo:

—¿Lo harás?

—Dije que lo haría.

Ella se negó a quitarle los ojos de encima. Que él vea la fe que ella le tenía ahora que la abandonaba.

La cara de Judá se tornó roja y sus ojos tenían una mirada furtiva.

—Tú no me crees, ¿verdad?

Ella no le contestó, aunque dudaba. ¿Cuándo había visto que Judá hiciera justicia?

—¡Te lo prometo! —dijo con rapidez—. ¡Ya! ¿Ahora te irás sin más angustias?

Conforme con esto, Tamar lo obedeció.

Súa estaba parada fuera de la puerta, triunfante y sin compasión alguna.

—Tu nana te espera allá afuera.

Luchando para no llorar, Tamar siguió caminando, pero Súa no estaba satisfecha. Siguió a Tamar hasta la puerta y allí permaneció mirándola.

—¡Menos mal que ya salimos de ti!

Tamar no se volvió para mirarla. Ni tampoco miró a Acsah, temiendo que si lo hacía, se echaría a llorar dándole así más satisfacción a Súa.

—Judá nos envía de regreso a la casa de mi padre.

Los ojos de Acsah parpadearon.

—Le echaré una maldición a Súa y a su familia —dijo dando un paso al frente, pero Tamar la agarró por el brazo haciéndola regresar.

—¡Tú no harás eso! Esta es mi casa, mi familia. No importa lo que piense Judá, yo pertenezco a esta casa.

Los ojos de Acsah se llenaron de lágrimas de ira.

—Ellos no te merecen —murmuró.

—Judá me escogió, Acsah. Viviré con la esperanza de ser merecedora de su elección. Si quieres hablar, ora a favor de su familia.

No le dieron ningún sirviente que las acompañara o protegiera. Le dieron dos pequeños panes de cebada y una odre de agua para compartirla.

Cuando Tamar perdió de vista la casa, cayó arrodillada y

lloró. Se llenó las manos de tierra y cubrió su cabeza. Incapaz de consolarla, Acsah también lloró.

Solo estaban a trece kilómetros de la casa de Zimrán. El sol caliente las aterrillaba, pero la carga en el corazón era peor. Anochecía cuando Tamar llegó a la puerta de su padre. A él no le agradó verla.

Zimrán los sacó a todos. La madre de Tamar, Acsah, sus hermanas y hermanos, todos se vieron obligados a obedecer. Ella también deseaba huir de la ira de su padre. Sin embargo, no tenía otra alternativa que permanecer de pie en silencio a medida que él desahogaba su furia contra ella. Quizás, al final, él le mostrara misericordia.

—Te entregué al hijo de Judá para que así pudieras tener hijos para él y mantener la paz entre nosotros. ¡Me has fallado! ¡A todos nos fallaste!

Ella debía valerse de su ingenio, o estaría perdida.

—Judá me prometió que me mandaría a buscar cuando Selá sea lo suficientemente adulto para cumplir con su responsabilidad conmigo.

Zimrán la miró con desprecio.

—¿Y tú creíste a ese hebreo? ¡Qué tonta eres! Selá es solo unos años más joven que Er. ¡Tres o cuatro como máximo! ¿Y ahora Judá dice que Selá todavía no tiene edad para ser padre? *¡Ja!* Si es tan joven, ¿para qué lo lleva a esquilar las ovejas? ¡Debiste reclamarle tus derechos!

Él le dio un gaznatón que la hizo caer de rodillas.

—Padre, yo hice todo lo que pude.

—*¡No fue suficiente!* —dijo Zimrán caminando con su

cara roja y sus manos apretadas—. Debías quedarte en su casa en lugar de regresar para aquí. ¿De qué me sirves? ¡Traes vergüenza a mi casa!

Tamar se apretaba la mejilla dolorida por el golpe que recibió. Su corazón latía con temor. No podía darse por vencida. Tenía que *pensar.*

—Padre, Judá lo prometió. Él lo *prometió.*

—¿Y qué? ¿De qué sirven los votos de un hebreo? Los hebreos hicieron un pacto con Sequín, ¿no es así? ¡Y mira lo que les pasó! —Se paró al frente de Tamar que seguía postrada—. Ya dejaste de ser mi responsabilidad. Si Judá no te quiere en su casa, ¿por qué te querré yo en la mía? Tú nos traerás desgracias.

Ella tenía que sobrevivir.

—Padre, si te quieres arriesgar, olvídate de los deseos de Judá y ¡vótame!

—¿Los deseos de Judá? ¿Y qué deseos son esos?

—Formar su familia.

¿Todavía su padre le temía a Judá? Esa era su única esperanza.

—¿Le dará Súa más hijos a Judá, padre? Ella está seca como la tierra y fría como una piedra. ¿Puede Judá darle otra mujer a Selá antes de que él cumpla su obligación conmigo? Judá quiere formar su familia, y yo soy la que él escogió para criar hijos. ¿Algo cambió?

Los ojos de su padre parpadearon.

—Si Judá se propone cumplir su palabra, no te hubiera mandado para aquí. Si te mandó es porque quiere deshacerse de ti. Todos sabrán que Judá cree que una hija de mi casa es la causa de su mala fortuna.

¿Cómo las palabras de su padre podían ser tan fuertes? Sus ojos se llenaron de lágrimas.

—Dale tiempo a Judá para cumplir su luto, padre. Dale tiempo para pensar.

—Tiempo. Perdí todas las ventajas que obtuve con tu matrimonio. ¿Tú crees que Judá traerá sus manadas hasta mis campos contigo aquí? Tendré que buscar a otros pastores que me traigan las manadas y el ganado o de lo contrario mi tierra no se abonará —dijo mirándola ceñudamente—. ¡Eres inservible! ¡Eres una plaga en mi casa! ¡Tengo otras hijas que necesitan esposos! ¿Habrá otro hombre que ofrezca algo por las hermanas de una maldita mujer como tú? Si te mato, es probable que Judá lo considere un favor.

Las palabras crueles, sin pensar, cayeron sobre Tamar doliéndole mucho más de lo que se podía imaginar. Ella temblaba en su interior, pero no se atrevió a mostrarse débil.

—Como quieras, padre. Mátame. Y cuando Judá me mande a buscar para que su hijo pueda tener hijos, dile: «¡Yo maté a Tamar en un arranque de furia!»

—Te votaré igual que lo hizo él.

—Él me mandó a la casa de mi padre para guardarme. ¿Le dirás a Judá que me rechazaste? ¿Le dirás a este guerrero hebreo que mandaste a su nuera a cosechar en campos ajenos, mendigar pan y prostituirse para sobrevivir? Estoy segura de que Judá comprenderá. Los hebreos son fáciles de persuadir, ¿no es así? Son dados a la misericordia. Perdonan las injusticias que se cometen en su contra. Mi suegro tendrá tanta misericordia contigo como tú conmigo.

Él estaba oyendo y Tamar se aprovechó de esto.

—Si estoy arruinada y no sirvo para Selá, ¿qué pasará con la familia de Judá? Yo siempre seré la nuera de Judá. Selá es el *último* hijo de Judá, padre. ¿Es Judá el tipo de hombre que permitirá que muera su apellido por la falta de hijos? ¡Él me *escogió*! —Hizo una pausa, dándole una mirada muy pensativa—. A menos que tú quieras devolver el precio de la novia.

Su padre se puso pálido.

Ella suavizó la voz.

—Judá solo te ha pedido algo sencillo, padre. Dame comida, agua y techo por un tiempo y recibe su bendición por esto.

—¿Cuánto tiempo?

—Tal vez un par de años. El tiempo que Selá necesite para hacerse suficiente hombre y ser mi esposo.

La raíz del temor quedó profundamente sembrada en su padre. El temor debía ser lo que la protegiera.

—Tú quieres a Judá como un aliado, padre, no como a un enemigo. Tú no eres demasiado fuerte como para irte en su contra.

Su mirada mostraba desprecio y astucia.

—Él no es nada más que un hombre que ahora solo tiene un hijo.

Sintió que un escalofrío le recorría su cuerpo. ¿Pondría en peligro la casa de Judá al recordarle a su padre que en esa familia ya quedaban menos hombres? Ella podía ver lo que él estaba pensando. Él tenía seis hijos. Su mente corrió a la defensa de Judá.

—Judá tiene muchos hermanos, muchos hermanos fieros. Y su padre es Jacob, un hombre que habla con el invisible, el Dios vivo que destruyó a Sodoma y a Gomorra. No te olvides de lo que le hicieron los hijos de Jacob a Sequín. Todo un pueblo se destruyó a causa de la deshonra que le hicieron a una muchacha. ¿Acaso no soy ahora la hija de Judá, esposa de Er, su primogénito, esposa de Onán, esposa prometida para su último hijo, Selá? ¿Qué te hará el Dios de Judá si tú intentas destruir a su familia?

Zimrán palideció. Humedeció sus labios nerviosamente.

—Trabajarás —dijo fanfarroneando—. No te sentarás a engordarte y haraganear en espera de su promesa. Serás una sirvienta en mi casa hasta que llegue el anunciado día en que él te llame.

Ella inclinó la cabeza para que él no viera el alivio que sentía.

—Soy tu humilde sirvienta, padre.

—Tenía tantas esperanzas de que fueras la que construyera un puente —dijo él con amargura—. Las estrellas no predijeron los problemas que me causarías.

Ella sentía que los sollozos le cerraban la garganta. Se los tragó y habló con un profundo respeto.

—Un día Judá te lo agradecerá.

Zimrán contestó con una risa amarga.

—Lo dudo, pero no me arriesgaré por una simple muchacha. Dormirás con las sirvientas. No eres una buena compañía para tus hermanas.

Tamar sabía que él deseaba herirla porque ella le había fallado. Tamar levantó la cabeza y lo miró. Él frunció el ceño y cambió la vista.

—Te puedes ir.

—Que el Dios de Judá te bendiga por tu misericordia para conmigo —dijo levántandose del piso con dignidad.

Los ojos de Zimrán se empequeñecieron.

—Antes de irte, quiero que pienses en algo —dijo con una dura mirada—. Eres joven. Pronto te cansarás de tu ropa de viuda. Los años pasarán y tú verás desvanecer la oportunidad de criar hijos.

—Seré fiel, padre.

—Eso lo dices ahora, pero llegará el momento en que desearás quitarte la ropa de saco y cenizas y tu *tsaif* negro. Pero te advierto: Si lo haces, dejaré que Judá decida tu suerte. Ambos sabremos cuál será.

Su muerte, sin duda alguna, seguida por una celebración.

—Seré fiel. Lo juro por mi vida. Si esto es lo último que hago, traeré honor a la casa de Judá.

A pesar de las lágrimas que llenaron sus ojos, levantó su mentón y lo miró a los ojos antes de salir de la habitación.

Judá se hubiera olvidado de Tamar si no fuera porque Súa seguía obsesionada tratando de encontrar la manera de vengarse de esta desgraciada muchacha. Su esposa no lo dejaba en paz, ni siquiera después de irse Tamar.

—¡La sangre de mis hijos pide venganza! ¡Mientras ella viva, no descansaré!

Ni tampoco él.

Súa dejó de atender la familia, dejó sus responsabilidades en manos de unas cuantas sirvientas haraganas mientras que ella dedicaba sus días y noches a rogarle venganza a sus dioses. Quería a Tamar muerta y que el desastre cayera sobre toda la casa de Zimrán.

—¡Ya la muchacha se fue! —gritó Judá frustrado—. Dame un poco de paz y olvídate de ella.

—Como tú la has olvidado —imperaba la acusación—. Por culpa de ella tengo dos hijos en la tumba. Si fueras un verdadero hombre la hubieras matado. Yo nunca la perdonaré por lo que me ha hecho. ¡Nunca!

Y volvió a sus ídolos, pidiéndoles venganza.

Judá la dejó sola en su miseria. ¿Podían los ídolos de piedra oírla? ¿Podían los ídolos casero de madera o barro cambiar algo? Que ella encuentre el consuelo que pueda.

Judá pensó en tomar otra esposa. Otra mujer que pudiera darle más hijos, pero la idea de otra mujer bajo su techo lo enfermaba. Él creció en una casa con cuatro esposas. Sabía los problemas que las mujeres le podían causar a un hombre, hasta las mujeres que creían en el mismo Dios que él. La vida de su padre nunca fue fácil. Raquel, la esposa favorita de su padre, y la madre de Judá constantemente estaban riñendo en su competencia por producir hijos. Las cosas solo se empeoraron cuando ambas insistieron en que Jacob tomara a su criada como concubina, esperando cada una ganar la competencia. Sus hijos se criaron en una rivalidad amarga. Y nunca nada cambió los sentimientos de su padre por Raquel. Jacob la amó desde el primer momento en que la vio, y su muerte, durante el nacimiento de su hijo, casi lo destruyó. En verdad, todavía la seguía amando. Amaba a José y a Benjamín más que al resto de los hijos porque ambos venían de Raquel.

No, Judá no se echaría más miseria a cuestas tomando

otra esposa. Una mujer era suficiente problema para cualquier hombre. Dos esposas significaría duplicar los problemas. A menudo se hacía recordar que una vez él había amado a Súa. Ella fue la esposa de su juventud, la madre de sus hijos. Él no podía dejarla a un lado por otra, no importaba lo difícil que ella se pusiera.

Además, él tendría que fabricar otra casa por el temor de lo que Súa le hiciera a cualquier mujer que él trajera a esta casa. Él vio lo mal que trató a Tamar.

Judá escapó de tener un conflicto con Súa quedándose lejos de su casa de piedra y atendiendo a sus ovejas. Tenía una razón que le justificaba estar lejos durante semanas sin fin. Sin embargo, aún lejos de la esposa, allá en su campo, el problema lo rondaba.

Sus terneras y ovejas estaban pasando una enfermedad o los animales de rapiña las estaban matando. El sol quemaba sus pastos. Cuando dejó a los animales protegidos en los cauces del río para que los merodeadores no se los llevara, vino la lluvia de las montañas, mandando inundaciones sobre los cauces. Las inundaciones barrieron con muchos de los animales, sus cuerpos sangrientos eran una fiesta para los buitres. Cuando regresó a la casa, encontró que la plaga había matado sus viñedos. Los insectos habían devorado sus palmas. El jardín había desaparecido por falta de sirvientes leales. El cielo estaba bronceado, ¡el hierro del cielo!

Hasta Súa se enfermó por la amargura del descontento que regó el veneno por su delgado cuerpo. Su cara se agudizó. Su voz era áspera. Sus oscuros ojos se hicieron tan duros como carbones. Constantemente se quejaba del dolor en el cuello, la espalda, el estómago, las entrañas. Judá pagó a curanderos que le cogieron el dinero dejando pociones inservibles.

Todo lo que Judá había logrado con su trabajo durante veinte años se estaba convirtiendo en cenizas ante sus ojos. Y él sabía por qué sucedía esto.

¡Dios está en mi contra!

Acostado sobre el duro suelo a la entrada de su corral de ovejas con una piedra por almohada, Judá miraba fijamente el cielo al atardecer y recordó la promesa que Dios le hizo a su padre, Jacob, hacía tantos años, la misma promesa que Dios le dio al padre de Jacob, Abraham. *¡Tierra y descendientes tan numerosos como las estrellas en los cielos!* El Señor había bendecido a Jacob-Israel con doce hijos.

Las pesadillas en cuanto al día fatal en Dotán, acosaban a Judá. Recordó sus propias palabras: *¿Qué ganamos con matar a nuestro hermano y ocultar su muerte? … Vendámoslo a los ismaelitas.* La cisterna seca bostezaba como un hueco negro en sus sueños, y él podía escuchar el llanto de su pequeño hermano indefenso.

Él sabía que ahora su vida era una ruina por causa de lo que él y sus hermanos le hicieron a José. No había forma de arreglar esto, no había cómo deshacer su parte en todo esto.

«*¡Ayúdenme, hermanos! ¡Socórranme!*» Judá recordaba al muchacho agonizando en contra de los grillos que lo ataban y rogando que lo ayudaran a los que tenían que haberlo protegido. «*¡Socorro!*» Todavía retumbaba el eco del llanto del muchacho, de la misma manera que se oyeron el día que se lo llevaron para Egipto mientras los hermanos observaban los sucesos.

En esos momentos Judá no le mostró misericordia alguna a José.

Ahora Judá no esperaba misericordia alguna de Dios.

Aunque Tamar se mostraba obediente, por dentro resistía su dicha porque no era su destino hacerse vieja y morirse sin tener hijos. Cuatro años habían pasado, pero Tamar se aferró tenazmente a la esperanza. Todavía era joven; todavía había tiempo.

Tamar trabajó mucho para la casa de su padre. No le dio ninguna oportunidad para quejarse. Hacía vasijas de barro. Tejía cestas y ropas. Hacía herramientas para que sus hermanos y hermanas las usaran en el campo. Solo cuando los pastores se llevaban a la manada lejos, su padre la mandaba al campo para trabajar. Aunque el trabajo era agotador, ella prefería los espacios abiertos. La carga de piedras era mejor que la carga del desdén de los demás.

Su padre prosperó. Era el tercer año que Zimrán cosechaba el doble en sus campos.

—¿Dónde está la mala fortuna que tú me aseguraste que yo te traería? —le dijo ella desafiándolo.

—Vamos a esperar para ver qué nos trae el año próximo.

Al quinto año la casa de su padre prosperó tanto que todos perdonaron su presencia. Sus hermanas se casaron, y a ella la aceptaron en la casa. Sus hermanos tomaron esposas. Tamar se convirtió en un objeto de lástima. De buenas ganas ella hubiera aceptado la compasión que le brindaban, pero despreció su caridad. Ellos la veían como a una inferior, y también a los de la casa de Judá.

Ella se agarraba de su esperanza. Se aferraba a ella. ¡Un día Judá la mandaría a buscar! ¡Un día ella tendría hijos! Algún día la casa de Judá sería fuerte y tendría gran estima por los hijos que ella les daría. Lloró, a causa del doloroso anhelo de tomar su lugar como la madre de los hijos del clan de su esposo. ¿Qué mayor sueño podría tener una mujer?

Sin embargo, algunas veces en la noche, cuando Tamar oía los suaves sonidos de los hijos primogénitos de sus hermanos, ella lloraba. ¿Podría ella alguna vez cargar a un hijo propio?

Estaba segura de que Judá no la abandonaría. Estaba segura de que él la mandaría a buscar. Él lo había prometido. Quizás este año. Quizás el próximo. ¡Oh, que sea pronto!

Cuando estaba sola en los campos, Tamar levantaba sus ojos al cielo, las lágrimas rodaban por su cara. *Señor, ¿cuánto tiempo me falta, cuánto tiempo estaré abandonada? ¿Cuánto tiempo antes de que me hagan justicia? Ay, Dios de Judá, ayúdame. ¿Cuándo estos hijos tuyos verán que yo puedo darle a la familia los hijos que él necesita para que no muera el nombre de Judá? Cambia su corazón, Dios. Cambia su corazón.*

Luego de orarle al invisible Dios de Judá, Tamar hizo lo único que le restaba por hacer.

Esperar…

y esperar…

y esperar…

Cinco

EL día de ir al mercado, mientras que su padre y hermanos se sentaban a la puerta de la ciudad visitando a sus amigos, Tamar permanecía con su madre en el kiosko de piel de cabra vendiendo la ropa hecha de linaza. Los compradores de ojos agudos y lengua aguda nunca amilanaron a Tamar, y el kiosko siempre mostraba una buena ganancia cuando ella lo administraba. A su madre le alegraba dejárselo en sus manos.

Los negocios habían sido buenos y Tamar se mantenía muy ocupada mientras que su mamá se sentaba y cocía el sol, la luna y las estrellas sobre un traje rojo que estaba haciéndole a su hija en Timná. Todos los años la hermana de Tamar recibía un traje nuevo y el velo. Zimrán se quejaba del precio de la ropa y los hilos de colores, pero nunca le impidió a su esposa que comprara todo lo que necesitaba. Para una sacerdotisa del tempo todo tenía que ser de la mejor calidad, y su padre codiciaba el favor de los dioses, todos y cada uno de ellos. La madre de Tamar empleaba horas trabajando con los finos hilos y pequeñas cuentas que adornaban el traje y un exquisito velo que ella hizo de tela roja y azul importada. También le hizo brazaletes para el tobillo con vueltas de pequeñísimas campanitas.

Aunque Tamar usaba sus ropas de luto hasta que se le deshilachaban, nunca pidió más ni tampoco deseó los lujos que le daban a su hermana. Tamar se satisfacía con los voluminosos *tsaif* negros que la cubrían desde la cabeza hasta los pies. La ropa no la molestaba, pero lo que sí la molestaba era la tierra baldía de su vida. El desespero la carcomía.

¡Había nacido para algo más que esto! La habían criado y preparado para ser una esposa y madre de una familia. Seis años ya habían llegado y pasado, pero todavía Judá no la había llamado.

Tamar se levantó y regateó con otro cliente. Ya era tarde, y el hombre quería telas de calidad por un precio bajo. Ella rehusó aceptar ese precio y se sentó. Él le ofreció más. De nuevo regatearon. Por fin el hombre compró lo que quedaba de la tela y se fue. Luego de dar un suspiro, Tamar se sentó dentro del kiosko con su madre.

—Voy a necesitar más hijo azul. Creía que tenía suficiente para terminar este fajín, pero necesito más. Vete y cómprame más, pero apúrate.

Tamar pasó caminando por kioskos que exhibían cestas de higos y granadas, bandejas de uvas, jarras de aceite de oliva y miel, odres de vino, vasijas de especies de las caravanas orientales. Los niños jugaban al lado de sus madres que ofrecían mercancías. Tamar vio a otras viudas, mucho mayores que ella, sentadas y contentas mientras que sus hijos adultos o nueras atendían sus negocios.

Deprimida, compró el hilo azul que su madre necesitaba y regresó. Caminó por diferentes pasillos de kioskos que exhibían ídolos caseros de maderas, barro y piedra; vasijas de barro, cestas y armas. Ella estaba inquieta y abatida. Pero en eso notó que dos hombres se le acercaban. Uno de ellos le pareció vagamente conocido. Frunció el ceño, preguntándose si era un amigo de sus hermanos.

A medida que él se le acercaba, ¡ella reconoció a *Selá*! Se quedó impactada mirándolo, ya él era todo un hombre luciendo una barba y amplios hombros. Su compañero era un joven canaanita y ambos iban armados con cuchillos curvos. Cada uno tenía una odre de vino drapeada sobre sus hombros, y los dos estaban borrachos. Selá se pavoneaba por el estrecho callejón. Chocó contra un hombre, tirándolo a un lado y maldiciéndolo. Tamar se quedó inmóvil. Se paralizó mirándolos, su corazón le latía con rapidez.

—Pues, mírala Selá —se rieron sus amigos—. La pobre viuda no te quita los ojos de encima. Tal vez quiere algo de ti.

Selá la echó a un lado luego de una rápida mirada y le dijo gruñendo:

—Quítate de mi camino.

Su cara se tornó roja, porque el hijo de Judá ni siquiera la había reconocido. Era igual a Er, arrogante y peleón. Chocó contra un mostrador votando los ídolos de barro que allí se exhibían. El propietario trató de agarrar su mercancía a medida que Selá y su amigo se reían y seguían su camino.

«Quítate de mi camino…»

Tamar luchó contra la ira y el desespero que la colmaban. ¡Judá nunca intentó cumplir su promesa!

¿Qué le sucedería cuando muriera su padre? ¿Tendría que pedir limosnas de la mesa de sus hermanos o salir y espigar en los campos de extranjeros? Por el resto de su vida sufriría la vergüenza del abandono y tendría que sobrevivir gracias a la piedad de los demás. Todo porque Judá la había abandonado. *¡No era justo!* Judá había mentido. Ella se había quedado sin nada. ¡Ni futuro! ¡Ni esperanza!

Tamar regresó al kiosko de su padre y le entregó el hilo azul a su madre. Entonces se sentó en la sombra más profunda con la cara escondida.

—¿Por qué te demoraste tanto?

Unas lágrimas calientes quemaban los ojos de Tamar, pero se negó mirar a su madre.

—La mujer se puso testaruda con el precio.

Ella no expondría su vergüenza.

Su mamá no la siguió reprimiendo, pero Tamar sentía su mirada.

—¿Te pasó algo, Tamar?

—Estoy cansada.

Cansada de su espera interminable. Cansada de esperar que Judá cumpliera su promesa. Cansada de lo infructuosa que era una vida inútil. Apretó las manos. Necesitaba un consejo sabio, pero ¿en quién podría confiar? No podía hablar con su padre, porque él solo le diría que siempre tuvo la razón: Judá la había votado y abandonado. No podía hablar con su madre porque ella se contentaba con las cosas tal y como eran. Estaba envejeciendo y necesitaba otras manos que la ayudaran. Su padre ya era lo suficientemente rico para tener sirvientes, pero prefería emplear sus ganancias en una nueva casa de piedra para guardar los granos que sobraban.

Terminó el día del mercado, y ya estaban desmantelando los kioskos. Su padre y hermanos llegaron a tiempo para cargar el burro. Les esperaba una larga caminata hasta la casa.

Tamar no habló de Selá hasta que no estuvo a solas con Acsah.

—¿Te habló?

—Sí, claro. Me dijo que me quitara de su camino.

Tamar se apretó la boca con la mano para silenciar el llanto que la ahogaba. Cerró los ojos, luchando para controlar sus emociones. Sacudió su cabeza.

Acsah la abrazó y le pasó la mano por la espalda.

—Sabía que este día llegaría.

—Acsah, me paré precisamente frente a él, y ni siquiera me conoció.

—Tú eras muy joven cuando llegaste a la casa de Judá. Ahora eres una mujer. No es de sorprenderse que Selá no te reconociera. Dudo que ni siquiera Judá te reconozca.

—¡No entiendes lo que esto significa!

—Sí, lo entiendo. Tú eres la que nunca lo entendió.

Tamar se retrajo un poco.

—Pensé…

Acsah sacudió su cabeza.

—Esperabas. Eras la única que tenía fe en ese hombre —dijo tocándole las mejillas tiernamente—. Él es quien ha sido infiel.

—Debo hacer algo, Acsah. No puedo dejar las cosas como están.

Hablaron hasta tarde en la noche, pero sin llegar a ninguna solución. Por fin, exhausta, Tamar se quedó inquietamente dormida.

Tamar ordeñaba las cabras cuando llegó su mamá. A las claras se veía que algo terrible había sucedido. Se levantó.

—Mamá, ¿qué pasó?

—La mujer de Judá está muerta.

Mientras hablaba le corrían lágrimas por sus arrugadas mejillas, aunque sus ojos eran como fuego.

Tamar dio un paso atrás, su cuerpo se le enfriaba.

—¿Quién mandó a decirlo?

—Nadie mandó un mensaje. Tu papá se lo oyó decir a unos amigos que comercian con los hebreos. ¡La esposa de Judá ya está enterrada! A ti ni siquiera te llamaron para ponerte luto por ella.

Sus ojos se veían fieros y negros.

—¡Que un hebreo trate tan mal a mi hija y que no se haga nada acerca de esto me llevará a la tumba! —dijo llorando lágrimas amargas.

Tamar viró su cara y cerró los ojos. Deseaba que la tierra se la tragara para librarse de esta última humillación. Su madre se le acercó.

—¿Cuándo vas a ver la realidad de tus circunstancias? Tu hermano vio a Selá en el mercado. Sintió lástima por ti y me lo dijo en lugar de tu padre. ¡Ya Selá es todo un hombre! Quizás se haya ido de la casa de su padre. Quizás sea él quien escoja a su esposa y haga lo que le dé la gana. Judá lo hizo así.

Tamar se volvió. Ella tenía razón. Judá nunca tuvo control sobre sus hijos. Nunca pudo gobernar a Er ni a Onán. ¿Por qué iba a ser diferente con Selá? Todos los hombres de la casa de Judá vivían buscando el placer del momento sin pensar en el mañana. Tamar daba vueltas temblando. Tendría que hacer algo o gritar. Se sentó y de nuevo comenzó a ordeñar las cabras.

—¿Cómo puedes quedarte callada ante tales noticias? ¡Este hombre despreciable te ha abandonado!

—¡Ya está bueno! —le dijo Tamar a su madre—. No hablaré mal de Judá ni de sus hijos. Permaneceré fiel a la casa de mi esposo, no importa cómo ellos, o tú, me traten.

Quería poder controlar sus pensamientos tan fácil como su lengua.

—Por lo menos te damos pan.

—De mala gana. Me gano cada bocado que como.

—Tu padre dice que debieras ir a Quezib y gritar a la puerta pidiendo justicia.

Así que su padre lo sabía todo. Su humillación era completa. Tamar se recostó contra un lado de la cabra; su angustia era demasiado profunda para llorar.

—Hace tiempo que debiste gritar en contra de Judá. —Su madre era implacable—. ¡Es tu derecho! ¿Vas a sentarte aquí durante el resto de tu vida sin hacer nada? ¿Quién va a mantenerte cuando seas una vieja? ¿Qué va a ser de ti cuando ya no puedas trabajar? ¿Qué será de ti cuando seas demasiado vieja para espigar?

Vino y se arrodilló al lado de Tamar agarrándola por un brazo.

—Deja que los ancianos sepan cómo te han tratado los hebreos y la vergüenza que nos ha venido. ¡Deja que todos sepan que Judá no ha cumplido los votos!

Tamar la miró.

—Mamá, conozco al hombre mejor que tú. Si yo lo avergüenzo ante todo Quezib y Adulán, él no me va a bendecir por eso. Si mancho el nombre de mi suegro, ¿crees que me va a pagar con bondades y misericordia y que me dará a Selá?

Su madre se paró disgustada.

—Quiere decir que seguirás esperando. Aceptarás lo que te ha hecho. Dejarás que pase el tiempo y te hagas vieja sin tener hijos —dijo mientras le corrían lágrimas calientes y pesadas—. ¿Cuántos años pasarán antes de que ya no puedas tener hijos? No vas a ser joven toda la vida. ¿Quién se apiadará de ti cuando tu padre se muera?

Tamar se cubrió la cara.

—Por favor, no me saques de quicio. Estoy buscando la manera… —dijo y se echó a llorar.

Durante un buen rato la madre no dijo nada más. Con cariño colocó sus manos sobre los hombros de Tamar.

—Tamar, la vida es difícil para una mujer. Pero sin un hombre es imposible.

Tamar respiró profundamente y levantó su cabeza.

—Yo sé eso mejor que nadie —dijo limpiándose las lágrimas para luego mirar a su madre—. Ya encontraré la manera de resolver esto.

La madre suspiró y miró a las colinas en la lejanía.

—El hombre que habló con tu padre dijo que la esposa de Judá estuvo enferma durante mucho tiempo. Dos años, por lo menos. Parece que murió lentamente, una muerte cruel —hizo una pausa y pensativa dijo—: Judá solo tenía una esposa, ¿verdad?

—Solo Súa.

—¿No tenía concubinas?

—No.

La leche cayó en la vasija que estaba en el suelo mientras Tamar seguía trabajando. Concentrada en su tarea, trató de no hacer caso a los toques gentiles de su mamá. Perdería todo el control y ya había llorado bastante en su vida.

—El hombre dijo que Judá iba para Timnat con sus amigos de Adulán —dijo su madre dejando que las palabras se quedaran colgando en el aire antes de añadir— el festival de los esquiladores comenzará pronto.

Tamar subió la cabeza para mirarla. Su madre se sonrió ligeramente, dándole una mirada aguda. No dijo nada más. Con la punta de los dedos sacudió ligeramente los hombros de Tamar, y la dejó sola para que pensara.

¡Y cómo la rondaron los pensamientos mientras trabajaba! Tal vez Judá no quería cumplir su promesa, pero todavía ella tenía los derechos. De acuerdo a las costumbres de su pueblo, si Judá no permitía que Selá se acostara con ella y le diera un hijo, entonces el mismo Judá se lo debería.

Así que ahora que su esposa había muerto, Judá iba para el festival de los esquiladores. Se llenó de una justa indignación. Timnat era un centro de comercio y de adoración a Astarte. Ella sabía lo que su suegro haría. Las rameras comunes, que vendían su cuerpo por unas migajas de pan y una taza de vino, estarían allí por docenas. Esa podría ser su suerte si su padre la votaba.

No seguiría sentada tranquilamente esperando a que Judá cumpliera la promesa que nunca intentó cumplir. Si no hacía algo pronto, Judá se dejaría llevar por su lascivia y descuidadamente entregaría su simiente —que con todo derecho le pertenecía a ella— a la primera mujer en Timnat que lo tentara.

Tamar se mordió los labios considerando sus opciones. Continuaría su casta existencia y esperaría a que Judá hiciera lo que era correcto, sabiendo ahora que él nunca lo haría, o iría detrás de él. Podía pretender que era una ramera al lado del camino. Selá no la reconoció. ¿Por qué la iba a reconocer Judá?

Llevó la vasija de barro hasta la casa y allí encontró a su madre dándole los últimos toques al velo para su hermana. Tamar dejó la vasija y miró aquel fino trabajo que reposaba sobre el regazo de su mamá. ¿Qué si ella se vistiera con la ropa de su hermana?

—Este es el mejor velo que he hecho —dijo su madre amarrando un trocito de hilo— Aquí está. Ya terminé.

Y lo levantó.

Tamar tomó el velo de las manos de su mamá y con cuidado lo pasó por las suyas.

—Es una belleza.

—Mira el traje —dijo su madre mientras se levantaba para buscar el vestido y enseñárselo a Tamar—. Hice todo lo que necesitaba tu hermana: la cinta para la cabeza, el velo, el vestido, el fajín, el brazalete para el tobillo y las sandalias.

—El velo era la última pieza —dijo volviéndose hacia Tamar.

Estiró los brazos y con cuidado Tamar le colocó el velo encima. Tamar notó que las manos de su madre temblaban mientras con cuidado doblaba el velo y lo colocaba dentro de la cesta.

—Tu padre planea enviar estas cosas a tu hermana en dos días. Ella necesita tenerlo allá a tiempo para el festival.

¿Sospechaba su madre el plan que ya se estaba formando en su mente?

—Mamá, mañana trabajaré en el campo. Tal vez no regrese hasta muy tarde.

Su mamá cerró bien la cesta, pero no levantó la cabeza para mirarla.

—El camino hasta Enayin es una caminata de tres horas. Tendrás que salir antes del amanecer.

El corazón de Tamar saltó, pero no dijo nada.

—Si Judá te reconoce, te matará. Tú sabes eso, ¿verdad?

—Si muero, que muera.

—Selá es un hombre muy superficial. Sería más fácil engañarlo a él.

—Tal vez, mamá. Pero no quiero a otro chacal. Voy tras el león.

La lámpara de aceite todavía estaba ardiendo cuando Tamar se levantó en la noche. Su mamá sabía la cantidad exacta de aceite que usaba para que alumbrara a través de la noche cuando había más oscuridad. Pronto la lámpara comenzaría a parpadear y se apagaría, justo a tiempo para que el cuarto se iluminara con los primeros rayos de luz. Tamar atravesó la habitación caminando en puntillas, agarró la cesta que tenía la ropa de su hermana y salió de la casa llevándosela.

El sol estaba subiendo, haciendo que las estrellas se convirtieran en fugaces chispas en el pálido cielo. Tamar caminó rápidamente al atravesar los campos de su padre hasta las elevaciones que estaban detrás. Cuando llegó al camino de Enayin ya el sol estaba resplandeciente y se sentía el calor en la tierra. Entró a un huerto de olivos, apurándose para llegar a donde pudiera esconderse.

Se quitó su ropa de viuda, y se puso las ropas y adornos que su madre le había hecho a su hermana sacerdotisa. Se soltó el pelo, peinándose con sus dedos aquella gruesa, negra y crespa masa hasta que le colgaba por atrás llegándole a la cintura. Se puso el velo. Las pequeñísimas campanitas alrededor de las piernas tintineaban a medida que colocaba su negro *tsaif* en la cesta y la escondía detrás de los árboles.

Inflexible y determinada, Tamar volvió caminando y esperó a la orilla del camino de manera que los que pasaran no la pudieran ver. Allí permaneció vigilante durante el resto de la mañana. El corazón le palpitaba con fuerza cada vez que veía a dos hombres acercándose por el camino, pero permaneció escondida. No se dejaría ver por ningún otro hombre excepto por Judá y su amigo adulanito.

Ya era el atardecer cuando apareció Judá por la colina con Hirá a su lado. Salió y se sentó a la orilla del camino. Se levantó y se paró al frente según ellos se acercaban. Las campanitas que llevaba a los tobillos tintinearon suavemente y de inmediato llamó la atención de Judá quien caminó más lentamente y la miró.

A ella le sudaban las palmas de la mano, su corazón le latía fuertemente. Deseaba correr para volverse a esconder en el huerto, pero se propuso no perder ahora el valor. Tenía que ser audaz. Deliberadamente obvió a los hombres, se inclinó, levantó el dobladillo del traje, y se ajustó las finas tirillas de una sandalia. Los dos hombres se detuvieron.

—No estamos apurados —dijo el adulanita en tono risueño.

Después se enderezó, pero Tamar no lo miró. Ella no quería que él se le acercara. Fijó su mirada en Judá, era a él a quien ella quería llamarle la atención. ¿La reconocería? Su respiración se hizo tensa a medida que él se volvía y se le acercaba. Se detuvo justo frente a ella y se sonrió, examinándole el cuerpo con la mirada. Judá no la reconoció. Apenas le miró la cara cubierta con el velo.

—Aquí, ahora —dijo él— déjame acostarme contigo.

Tamar se sorprendió al notar lo fácil que había caído ante el engaño de una mujer sin experiencia alguna en el arte de la seducción. ¿Era esta la manera en que los hombres compraban los servicios de una ramera? ¿Qué debía ella decir ahora?

—Ella te prefiere a tí, Judá —musitó Hirá— Mira como tiembla.

—Tal vez es tímida —sonrió Judá con ironía—. Sigue, Hirá, te alcanzaré más tarde.

—Ha pasado un buen tiempo, ¿verdad, mi amigo?

Él siguió caminando, dejando a Tamar a solas con Judá. La intensidad de sus ojos casi la asustaba. Nunca él cambió la mirada.

—Bueno —dijo él—, ya estamos solos. ¿Qué me dices?

Ella podría decirle que su necesidad sería grande, pero no mayor que su ira. ¿Su hermana habría sentido piedad? Tamar no sentía ninguna. Hace siete años ella le había rogado que no le permitiera a Onán que la tratara como a una ramera. Judá quería que ella sedujera a su hijo para que él hiciera lo correcto.

Hoy ella podría hacerlo con el mismo Judá.

Tamar dio un paso alejándose de él, mirando atrás coquetamente por sobre sus hombros.

—¿Cuánto me pagarás? —dijo hablando en un tono bajo, con la esperanza de seducirlo.

—Te enviaré uno de los cabritos de mi rebaño.

Pero, ¿dónde estaba la manada? Se encendió su ira. Cómo le gustaba a Judá prometer algo que no tenía la intención de dar. Primero, un hijo. Ahora, ¡una cabra! Ella no aceptaría otra promesa de sus labios. No en este día, ni en ningún otro.

—¿Qué prenda me darás en garantía para yo estar segura de que me la enviarás?

Bajó los ojos para que él no pudiera ver el fuego que llevaba por dentro. ¿Lo sentiría él en su voz o confundía el temblor con una pasión desenfrenada.

Judá se le acercó.

—Bueno, ¿qué es lo que quieres?

Tamar pensó con rapidez. Quería algo que tuviera el nombre de Judá. Si salía embarazada, ella necesitaba algo que probara su responsabilidad.

—Quiero tu sello de identificación y su cordón y el bastón que llevas en la mano.

Tan pronto como pronunció estas palabras, su corazón se

paralizó. ¡Había pedido demasiado! Ningún hombre en su sano juicio estaría de acuerdo en entregar tanto, especialmente a una ramera. Ahora Judá la descubriría. Le quitaría y rompería el velo de su cara y la mataría allí mismo en la carretera.

Pero se sobresaltó un poco cuando él le extendió la mano. Entonces se dio cuenta de que él le estaba entregando su bastón. Tamar lo tomó, y asombrada vio cómo Judá se quitaba el cordón que llevaba alrededor del cuello y se lo entregaba junto con el sello. ¡Sin siquiera pronunciar una palabra de protesta! ¡El hombre reaccionaba impulsado por la lascivia!

Una tristeza amarga inundó a Tamar. Le costó llenarse de todo valor para no llorar a gritos. Todos los años que había pasado esperando que este hombre hiciera lo justo, y luego descubrir que ni siquiera dudaba entregarle las llaves de su casa a una mujer que él consideraba una prostituta.

La tristeza menguó rápidamente, haciendo que la excitación la remplazara. Ella tenía motivos para tener esperanzas, aunque se había despojado de su orgullo y se había rebajado, tenía esta única oportunidad de proveer una criatura para la casa de Judá. Acsah le dijo que este era el momento correcto. Ella solo podía esperar.

—¿Tienes una habitación en el pueblo? —le preguntó Judá.

—El día es agradable, mi señor, y la yerba es más suave que una cama de piedra.

Luego de tener las pertenencias de Judá en su mano, caminó por el huerto de los olivos. Él la siguió.

✦ ✦ ✦

Judá tomó ventaja de la sombra de un árbol de olivo y allí se durmió en la tarde caliente. Tamar se levantó en silencio y lo dejó allí. Caminó aprisa por entre los árboles para buscar la cesta que había escondido, enseguida se quitó las ropas de su hermana y se puso la de ella. Se puso el cordón y el sello de Judá alrededor de su cuello metiéndoselo por debajo de su ropa negra de luto. Dobló el vestido rojo, el velo y el fajín y con cuidado los guardó, colocando los brazaletes de los tobillos con las campanitas de manera que no se oyeran.

La esperanza revivió en ella. Presionó sus manos sobre su abdomen a medida que le corrían las lágrimas por las mejillas. Inclinó la cabeza y murmuró muy suave: «¡Solo pido justicia!»

Los hijos de Judá abusaron de ella y la usaron; Súa la culpaba por los pecados de ellos, Judá la echó de la casa, quebró su promesa y la abandonó. Pero aún cabía la posibilidad de quedarse injertada en el linaje de Abraham, Isaac y Jacob. Sin saberlo, era posible que Judá le hubiera dado un hijo. Si su simiente prendió todavía cabía la posibilidad de lograr un lugar entre el pueblo a quien el Dios de toda la creación habría escogido para ser suyo. Y si la criatura fuera un varón, este sería su libertador.

Tamar tocó reverentemente el sello que llevaba escondido debajo de su vestido. Recogió la cesta y lo colocó debajo del brazo. Tomó el bastón de Judá que descansaba en un árbol de olivo y se dirigió hacia su casa.

Una lanza de luz tocó los párpados de Judá, despertándolo. La ramera se había ido. Al no encontrarla parada al lado del camino donde la vio por primera vez, dio por sentado que había vuelto al pueblo. Ceñudo e inquieto siguió su viaje, el resto del día lo pasó sintiendo remordimientos. ¡No fue mejor que Esaú quien regaló su primogenitura por un plato de guisado! ¿Por qué acordó entregarle su sello, cordón y bastón a una prostituta del templo? Luego de pasar los momentos de placer, sentía impaciencia por recuperar sus pertenencias.

Molesto, alcanzó a Hirá cerca de Timnat. Su amigo lo irritó aun más al mofarse y hacerle comentarios soases.

—¿Dónde está tu bastón, Judá? No me digas que…

—Me lo devolverán cuando le envíe un cabrito a la mujer.

—¿Y también tu sello y tu cordón? —dijo Hirá riéndose y dándole unas palmaditas por la espalda—. ¡Ojalá que valiera el precio!

Avergonzado, Judá no respondió. Se excusó y se fue a buscar a Selá a quien ya había mandado con la manada. Ellos esquilaban juntos las ovejas. Judá había hecho unos contratos con varios granjeros para traer sus ovejas luego de la cosecha. Hirá se les unió, pero refrenó los comentarios acerca de la ramera del camino.

—Ven, mi amigo, relájate y disfruta —dijo Hirá tambaleándose por haber tomado en exceso—. No tienes por qué preocuparte. La vida se desenredará. Recuerda cómo vivíamos antes de tener mujeres, hijos y preocupaciones. Timnat tiene mucho que ofrecer.

Selá estaba ansioso de probarlo todo. Pero Judá

descubrió que él ya no podía hacerlo. Siguió recordando lo que ya le había costado una hora de placer. Extrañaba no tener su bastón en la mano y sabía que no se sentiría bien hasta no tener devuelto el sello y el cordón. Mucho antes de que se acabara el festival, ya él estaba listo para irse. Cuando terminó, no sintió deseos de regresar a la casa por el mismo camino. Se excusó con Hirá.

—Necesito llevar mi manada a mejores pastos. ¿Tú vas a volver por el camino a Enayin, verdad?

—Como siempre.

—Te he hecho muchos favores, Hirá, ¿no es así? Lleva este cabrito a la ramera que está en el cruce del camino cerca a Enayin. Pídele mi bastón, sello y cordón a la ramera y tráemelo a la casa. Haz esto para mí, mi amigo, y te mostraré mi aprecio la próxima vez que te vea.

—Claro que lo haré —dijo Hirá mientras sus ojos dieron muestras de anticipación.

—Una cosa más te voy a pedir.

—Judá, no tienes que agregar ni una palabra más —dijo Hirá luego de levantar su mano para detenerlo—. Tú eres mi amigo, de mi boca no saldrá ni una sola palabra.

Se sonrió.

—Además, será un placer para mí hacerte este favor —dijo Hirá dirigiéndose por el camino, y mirando por encima de uno de sus hombros para agregar—: ¡Tal vez yo también pase una horas en aquel huerto de los olivos!

Judá no pensó más en la muchacha ni en el precio de su pecado hasta pasadas unas semanas e Hirá llegó a su casa con las manos vacías.

—Judá, busqué a la muchacha por todas partes, incluso

entré al pueblo, pero ahí todos me dijeron que nunca ha habido una prostituta del templo en la encrucijada. Se rieron y me preguntaron por qué yo pensaba que allí debía haber una si el templo está dentro de Timnat.

Judá nunca consideró por qué una prostituta del templo estaría vagando por el camino. Ahora que lo pensó, se preguntaba por qué nunca se le ocurrió pensar en esto. Confundido, Judá se enojó convencido de haber sido víctima de un engaño, aunque no podía explicarse las razones. ¿Por qué la ramera le habría mentido? ¿Qué utilidad tendría el cordón, sello y bastón para una prostituta? Se puede vender un cabrito y usar el dinero para mantenerse. ¿Quién compraría un sello y bastón con el nombre de otra persona y especialmente cuando tiene un nombre tan conocido como era el suyo?

—¿Qué quieres que haga, Judá? —dijo Hirá tomando un sorbo de su vino—. ¿Quieres ir conmigo para volverla a buscar?

—¡Que se quede con las prendas ya hicimos todo lo posible para entregarle el cabrito! Si volviéramos seríamos el hazme reír de la aldea.

Unos días más tarde, cuando Hirá se fue, Judá salió y cortó una rama recta y fuerte de un árbol de almendra. Quitó la corteza y le grabó su nombre en la madera. El nuevo bastón era bueno, pero no lo sentía igual al que su papá le había puesto en sus manos. Ni tampoco el sello de arcilla que había hecho era tan auténtico como el original de piedra.

Pero luego, Judá se olvidó por completo del incidente en la encrucijada de Enayin.

Seis

TAMAR no dijo ni una palabra acerca de su exitosa jornada a Enayin, ni tampoco su madre le hizo pregunta alguna. A la mañana siguiente Zimrán salió para Timnat con el hermano mayor de Tamar. Llevaron la cesta con la ropa para usar en el templo.

Después de dos semanas sin tener manchas de sangre, Tamar supo que estaba en estado. Se sentía tan triunfante como aterrorizada. Mantuvo su secreto y siguió como siempre. Se levantaba temprano y trabajaba todo el día. Nadie notó ningún cambio en ella, aunque no era fácil convencer a Acsah que estaba perpleja con la inusual modestia de Tamar.

Durante la noche, mientras los demás dormían, Tamar se palpaba la barriga. A veces sintió miedo y se preguntaba cómo se había atrevido a engañar a Judá. ¿Qué haría cuando descubriera esto? Estuvo dispuesta a arriesgarlo todo, incluso su vida, con tal de tener la oportunidad de engendrar un hijo. Y ahora temía por el hijo que llevaba en su seno. Pronto su condición sería aparente si es que Acsah ya no lo había adivinado. Si su papá se enteraba de esto, era capaz hasta de matarla en un arranque de violencia. Si ella moría, también moriría el hijo de Judá y se perdería la línea de Judá.

Trataba de pensar con claridad para no dejar que sus emociones la arrastraran. Todavía pertenecía a la casa de Judá, sin importar que la reconocieran o no. En las manos de Judá —y no en las de su padre— estaba el decidir si ella debía morir. La verdad era su única protección, pero no lo podía revelar de forma que le trajera vergüenza a Judá. Si así hubiera querido hacerlo, lo habría gritado frente a las puertas de la ciudad hace mucho tiempo.

Mantuvo su secreto, rehusando confiar en Acsah quien a diario la acosaba con preguntas.

—¿Dónde estuviste aquel día? ¿Por qué no me despertaste? Te busqué en todos los campos. Dime adónde fuiste y por qué.

—¿Qué has hecho, Tamar? —le dijo Acsah enfrentándola en privado—. ¿Con quién te acostaste? ¡Por los dioses! Las dos estamos perdidas.

—He hecho lo que tenía que hacer, Acsah. De acuerdo a la ley, tanto la del pueblo de Judá como la del mío, tengo el derecho de tener un hijo o con Selá o con el mismo Judá. Y sin embargo, he tenido que arriesgarlo todo para recibir justicia de manos de Judá. Tuve que sufrir la vergüenza y echar garras a la triquimaña para engendrar este hijo, de lo contrario moriría como una desgraciada —dijo tomando la mano de su nana y apretándola con fuerza—. Tienes que confiar en mí.

—Tienes que hablar y decir...

—No. Todavía no se puede decir nada.

—¿Y qué harás cuando tu padre lo descubra? ¿Tendrá misericordia de ti al pensar que hayas cometido adulterio?

—Judá será quien decida lo que me pasará.

—Entonces morirás y tu hijo morirá contigo. Judá piensa que tú traes mala suerte y que eres la causa de la muerte de sus hijos. ¡Esto le dará una excusa para deshacerse de ti!

—No hables más de esto.

—¡Tu papá te matará cuando lo descubra!

—Debiste haber esperado —dijo Acsah cerrando los ojos y cubriéndose la cara.

—Antes de que él me llamara hubiera envejecido y hasta muerto.

—Así que te destruyes tú y al hijo que llevas en tus entrañas. Traicionaste a Judá y trajiste vergüenza a esta casa. Dime qué pasó.

—No te diré nada.

La precaución y la esperanza para un mejor futuro la hacía guardar silencio. Este era su secreto y el de Judá, aunque el hombre todavía no se había enterado de esto. Ella guardaría esta verdad y la mantendría en privado porque era preciosa. El bastón de Judá estaba debajo de su cama y el cordón y el sello todavía colgaba del cuello escondido debajo de su ropa de viuda. No se los mostraría a Acsah. Tampoco dejaría escapar ni una palabra que diera motivo para que su nana o su papá se rieran de Judá. Quería cumplir con su deber con la casa de Judá. Anhelaba que su pueblo la recibiera. ¿Le agradecería Judá que ella lo expusiera a las burlas?

Tamar recordó el orgullo de Judá, su dolor, sus pérdidas. No agregaría humillación a su tristeza. Judá la había desamparado, pero ella no avergonzaría al padre de su hijo ante ningún hombre o mujer.

La mañana en que caminó a través de los campos de su padre y se detuvo cerca del cruce de los caminos para esperar a Judá, tuvo tiempo para pensar mucho en el riesgo que asumía y lo que el futuro le deparaba. ¿Vida o muerte? Eso lo decidirá Judá. Cuando se paró encima de Judá mientras él dormía, tembló de ira. Casi lo despierta con una patada para confrontarlo por su pecado. Quería sacudirlo y gritar: «¡Judá, mira lo que me has hecho hacer! ¡Mira lo que tú has hecho!» Una vez él le dijo que ella debía imitar a una ramera para conquistar a Onán. Sin embargo, esto es lo que tuvo que hacer con él.

Pero ella dejó pasar el enojo. No quería venganza, lo que quería era justicia. Lo arriesgaba todo con la esperanza de lograr algo mejor, algo importante, algo permanente, un hijo. ¡Una razón para vivir! ¡Un futuro y una esperanza! Alimentó la pequeña llama que crecía en su ser, sabiendo que todavía todo estaba en las manos de Judá.

—Tal vez seas dichosa y pierdas a ese hijo —dijo Acsah.

—Si eso sucediera… preferiría morirme con mi hijo.

—Quizás mueras antes —dijo Acsah cubriendo su cara y llorando.

Tamar sonrió con tristeza. ¿Qué la hizo esperar tanto por un hombre que nunca había hecho nada justo durante todo el tiempo que hacía que lo conocía? ¿Acaso Judá la protegió de la brutalidad de Er u obligó a Onán a cumplir con su deber para con su hermano? El mismo Judá rompió su promesa al negársela a Selá. ¿Cómo esperaba sobrevivir mientras su vida estuviera en manos de este hombre?

Y sin embargo, sí esperaba. Eligió esperar. Rehusó ceder a los temores que la aprisionaba, temor por el hijo que llevaba, el hijo de Judá, la esperanza de Judá, el futuro de Judá.

Pero llegado el momento de revelar la verdad, ¿la escucharía él?

Pasaron dos meses antes de que el día de la ira y el juicio cayeran sobre la cabeza de Tamar. Acsah la despertó. Desorientada, Tamar se sentó. Se dio cuenta que se había dormido al lado de la muralla de piedra donde había estado trabajando.

—Estás desecha —dijo Acsah mientras las lágrimas le rodaban por su rostro—. ¡Desecha! Un siervo te vio durmiendo y se lo dijo a tu papá. Él me llamó y se lo tuve que decir. Tuve que hacerlo.

Se agarró con fuerza de los brazos de Tamar.

—¡Huye, Tamar, tienes que esconderte!

Tamar sintió que una calma extraña la inundaba. La espera había terminado.

—No —dijo calladamente mientras se levantaba.

Sus dos hermanos cruzaban el campo acercándose resueltamente a Tamar. Que lleguen. Cuando llegaron la maldijeron acusándola vilmente. Ella no respondió mientras la agarraban por los brazos para llevarla hasta la casa. Su padre salió con el rostro enrojecido y los puños cerrados.

—¿Estás encinta?

—Sí.

Zimrán arremetió contra ella sin siquiera preguntar quién era el padre. La derribó con el primer golpe que le dio. Cuando le pegó, ella se cayó doblándose como una bola para proteger a la criatura.

—¡No tienes derecho de juzgarme! —gritó con la misma furia que tenía su padre.

—¿Qué no tengo derecho? ¡Tú eres mi hija! —dijo pateándola de nuevo.

Jadeante, ella comenzó a ponerse de pie, pero él la agarró por la mantilla y el pelo por debajo de esta, dándole halones de arriba para atrás. Ella lo arañó con sus uñas para librarse de él. Tenía el cachorro de león en su interior y lucharía como una leona para defenderlo. Se paró con los pies firmes sobre la tierra y levantó las manos.

—¡Yo pertenezco a la casa de Judá y no a la tuya! ¿O es que lo has olvidado?

—¡Él me agradecería que yo te matara!

—¡Judá será el que tenga que juzgarme y no tú! ¡No tú! ¡Judá y nadie más!

—¡Has jugado a la ramera en mis narices! ¡Debo matarte! —dijo Zimrán jadeando y mirándola fijamente.

Tamar vio las lágrimas de enojo y vergüenza en los ojos de su padre, pero ella no flaqueó.

—¿Por qué vas a ahorrarle el problema a Judá, papá? ¿Por qué vas a manchar tus manos con mi sangre? ¡Él me abandonó hace seis años! Que ahora caiga sobre su cabeza lo que me sucede a mí y a mi hijo.

—Ve y dile a Judá: Tamar se prostituyó y está encinta —le gritó Zimrán a un sirviente—. ¡Pregúntale qué quiere hacerle!

El sirviente pasó el campo corriendo.

Zimrán la miró y dijo:

—En cuanto a tí, ramera, vete y espera.

Tamar obedeció. A solas, tembló violentamente. Sus manos le sudaban copiosamente y su corazón le temblaba.

¿Qué si Judá no venía?

Las noticias de la prostitución de Tamar y su embarazo impactaron a Judá, y este se enojó. Aunque habían pasado seis años desde que él la sacó de la casa, esperaba que ella permaneciera casta mientras viviera. Si le mostraba algún tipo de misericordia a Tamar y ella permanecía viva, el hijo, sin importar quién fuera el padre, vendría a formar parte de su familia y él no podía permitir que esto sucediera. No lo permitiría.

Combinado con su ira, sentía regocijo. Tamar le estaba dando la oportunidad de salirse de ella. Había pecado contra su casa de la forma más vil, y él tenía el derecho de juzgarla. Súa estaría celebrándolo: Tamar no servía para nada. La muchacha era inicua. A él le había costado las vidas de Er y Onán. Lo más sabio que jamás había hecho era negarle a Selá.

Déjala que sufra. ¿Acaso no había él sufrido por su causa? Apedrearla sería demasiado fácil. ¡Qué sienta el dolor que le causó con sus transgresiones!

—¡Sácala afuera y quémala! ¡Digo que la quemes! —gritó Judá.

Antes de que el sirviente de Zimrán saliera por la puerta, ya Judá estaba seguro de que su fortuna había cambiado. Mañana habrá llegado el momento de encontrarle una esposa adecuada a Selá, su último hijo. Ya era hora de formar su casa.

Tamar oyó la conmoción y supo lo que Judá había decidido. Su mamá estaba llorando, su papá gritando. Ella cubrió su rostro y oró: *¡Dios de los cielos y de la tierra, ayúdame! No pertenezco a tu pueblo y sé que no lo merezco. Pero si tú cuidas de Judá, que es hijo tuyo, ¡sálvame! ¡Salva a este hijo que llevo en mi seno!*

Acsah entró corriendo al cuarto.

—Judá dijo que te quemaran. Ay, Tamar…

Tamar no lloró ni rogó. Se levantó rápidamente y tiró su colchón a un lado. Se quitó la mantilla y en ella envolvió el bastón de Judá. Se quitó el cordón y el sello que colgaba de su cuello y se los dio a Acsah.

—Acsah, llévale estas cosas a Judá. Apúrate y dile: «El dueño de este sello de identificación y de este bastón es el padre de mi hijo. ¿Reconoces estas prendas?»

Afuera se había desatado una conmoción. Su mamá rogaba histéricamente mientras que su padre gritaba:

—¡Se lo advertí! Le dije lo que le sucedería si se quitaba la ropa de luto.

—No, no puedes…

—¡Quítate del medio, mujer! La misma Tamar es quien tiene toda la culpa.

—¡Vete, Acsah, y no me falles! *¡Corre mujer! ¡Corre!* —dijo Tamar empujando a su nana.

Tan pronto como ella obedeció, Tamar se colocó en una esquina de la habitación para defenderse mejor. Entraron sus hermanos.

—¿No van a mostrar ninguna misericordia para con la hermana de ustedes?

—¿Después de habernos avergonzado?

La injuriaron mientras trataban de agarrarla. Ella no facilitó que la agarraran, pero ellos la sacaron de donde estaba y la arrastraron por la puerta.

Su padre la esperaba afuera.

—Judá dijo que te quemara, ¡y te quemaremos!

¿Creyeron que ella moriría con tanta facilidad? ¿Creían que ella no lucharía por salvar la vida del hijo que estaba por nacer? Tamar pateó y arañó. Los mordió y gritó.

—¡Entonces, dejen que Judá sea quien me queme!

La golpearon y Tamar, con toda su furia, devolvió los golpes.

—Dejen que él vea la ejecución de su juicio. *¡Llévenme con Judá!* ¿Por qué llevarán ustedes mi muerte sobre sus cabezas? —dijo usando sus uñas y pies—. ¡Dejen que sea él quien me prenda fuego!

Judá vio a una mujer que corría hacia él con un bulto en sus manos. Frunció el ceño protegiendo sus ojos del brillo del sol y entoces reconoció a Acsah, la nana de Tamar. Apretó sus dientes y susurró un juramento. No cabía duda alguna de que ella vendría a rogar que él tuviera misericordia de la desgraciada muchacha.

Falta de aire y tan exhausta que temblaba, Acsah cayó de rodillas y dejó caer el bulto a sus pies.

—Tamar me mandó… —Incapaz de decir más, tomó en sus manos el borde de la manta negra y lo haló fuertemente. Un bastón rodó… su bastón. Ella siguió desenvolviendo el bulto hasta abrirlo, dejando ver el cordón rojo con el sello de piedra.

Judá se lo quitó.

—¿De dónde sacaste esto?

—Tamar…

—¡Habla, mujer!

—¡Tamar! Ella me dijo: «Lleva estas cosas a Judá. El hombre que es dueño de este sello de identificación y del bastón, es el padre de mi hijo. ¿Los reconoces tú?»

Ella bajó la cabeza, luchando por respirar.

Judá se sintió enfermo. Se puso frío a medida que recogía su bastón. ¡La ramera al lado del camino fue Tamar! Ella se disfrazó y me engañó para cumplir con su derecho de tener un hijo. Él se llenó de vergüenza. Nada de lo que había hecho le era desconocido. Nada había sido secreto para el Señor. Su piel se le erizó. Se le pararon los pelos.

«Judá, ¿cuándo harás lo que es justo?»

Sintió esas palabras como un susurro. Hace años que Tamar le había dicho estas palabras, pero ahora era otra voz, suave y electrizante, la que le habló a lo más recóndito de su mente y corazón. Se agarró la cabeza, temblando interiormente. Se estremeció de miedo.

—¿Mi señor? —Los ojos de Acsah estaban muy abiertos.

Su corazón bombeaba frenéticamente. Gritó y salió corriendo. Tenía que detener el juicio que había comenzado. Si no veía a Zimrán a tiempo, dos vidas más penderían de su cabeza: la vida de Tamar y la de la criatura que esta llevaba. ¡*Su* hijo!

—¡Dios mío, perdóname! —dijo esforzándose para correr más rápido que nunca en su vida—. ¡Deja que el pecado caiga sobre mi cabeza!

¿Por qué no había corrido así detrás de los ismaelitas? ¿Por qué no había rescatado a su hermano de las manos de ellos? Ahora era demasiado tarde para deshacer lo que hizo en aquel momento. *¡Dios mío, ten misericordia, Dios de mi padre Israel! ¡Dame fuerzas! Salva su vida y la del hijo que lleva.*

Zimrán y sus hijos venían para encontrarse con él. Traían a Tamar medio a rastra y ella venía peleando como una loca. Un hermano le dio una patada al mismo tiempo que Zimrán tiraba de su pelo hasta levantarla del piso. Zimrán la empujó hacia Judá maldiciéndola a cada paso.

—¡Suéltala! —gritó Judá. Cuando Zimrán volvió a pegarle a Tamar, Judá sintió que la sangre se le encendió de ira.

—¡Si le pegas de nuevo, te mataré!

Enseguida Zimrán se defendió.

—Tú fuiste quien nos dijo que querías que la quemáramos. Y tienes todo el derecho. Ella te traicionó haciéndose pasar por una prostituta.

Ahora Tamar permaneció en silencio, cubierta de polvo, con la cara toda golpeada y sangrando. La habían paleado, arrastrado, golpeado y mofado a causa del pecado de él. Ni siquiera su padre o hermanos fueron capaces de mostrarle la más mínima compasión. Se paró sin decir una palabra.

La cara de Judá estaba roja. ¿Cuándo él le mostró a esta joven mujer alguna lástima? Ella sufrió los abusos de Er y él nunca hizo nada para detenerlos. Ella pidió que sus derechos se cumplieran con Onán, y él le dijo que actuara como una ramera. Ella pidió justicia y él la abandonó. Nunca fue a gritar ante la puerta de la ciudad para avergonzarlo. En su lugar, se humilló a sí misma y se vistió como una ramera para conseguir el hijo que pertenecería a su familia. Y luego, en lugar de exponer su pecado, le devolvió en privado el bastón, cordón y sello para proteger su reputación.

Se le llenaron los ojos de lágrimas. Su garganta se le cerró. Ella estaba frente a él, toda golpeada y sangrando, con la cabeza baja, sin pronunciar ni una palabra en su defensa, esperando, todavía esperando, como siempre había esperado que él fuera el hombre que debía ser.

«Judá, ¿cuándo harás lo que es justo?»

—Ella tiene más razón que yo porque nunca cumplí mi promesa de dejarla casar con mi hijo Selá.

—¡Eso es cierto, pero ella no tiene el derecho de ser una ramera mientras viva bajo mi techo!

Judá miró a los ojos oscuros del canaanita y en ellos vio reflejado su propio frío corazón. El orgullo de Zimrán estaba herido, y su intención era destruir a Tamar por causa de esto. El orgullo de Judá también se había quebrado. ¿No había él culpado a Tamar por los pecados de los otros? Sin una gota de conciencia, él la había rechazado y abandonado. Solo hacía un momento que se había sentido triunfante con solo la idea de juzgarla, sabiendo que ella moriría agonizando por el fuego. Cientos de veces él había pecado en contra de ella y a plena vista de Dios sin nunca preocuparse por el precio que ella estaba pagando. Y ahora que estos pecados lo habían alcanzado, él tenía una decisión que tomar: Seguir pecando o arrepentirse.

Tamar levantó la cabeza y lo miró. Él vio un destello en sus ojos. Ahora mismo ella lo podría acusar de ser el padre de su hijo. De continuo lo podría humillar. Podría haberle dicho cómo lo engañó en el camino de Enayin, y hacer que fuera el hazmerreír de su padre y hermanos y de todos los demás a quienes ellos se lo contaran. Judá sabía que merecía que lo ridiculizaran o le hicieran algo peor en público. Él notó la ira de ella, su frustración, su dolor. Y él la comprendió. Pero esto no cambió su manera de pensar.

Judá dio un paso al frente y recogió su bastón. Lo agarró con las dos manos, listo para pelear.

—Zimrán, quítale las manos de encima. Ese hijo es mío.

Al dar otro paso al frente, la cara de Zimrán palideció. El canaanita dio un paso atrás y también los hijos de él.

—Entonces hazte cargo de ella. Haz de ella lo que quieras.

Zimrán dio media vuelta mirando confundido sobre sus hombros. Sus hijos lo siguieron.

Tamar suspiró y cayó de rodillas. Bajó su cabeza y puso sus manos sobre los sucios pies de Judá.

—Perdóname, mi señor.

Sus hombros se estremecieron y comenzó a llorar.

Los ojos de Judá se llenaron de lágrimas. Puso una rodilla en el suelo y con gentileza colocó una de sus manos sobre la espalda de ella.

—Soy yo el que necesita tu perdón, Tamar.

Oír el llanto de ella le partía el corazón. Ayudó a Tamar a ponerse en pie. Ella temblaba incontrolablemente. Tenía un ojo negro e hinchado. Un labio le sangraba. Su ropa hecha jirones y se veían los rasguños que se le hicieron cuando la arrastraron a través del terreno pedregoso.

Durante todos esos años pasados, cuando él la vio por primera vez en el campo de Zimrán, sintió algo por esta muchacha y la quería tener en su familia. Tamar era canaanita, pero era honorable y leal. Tenía un gran valor y fuerzas. De seguro fue Dios quien lo hizo escogerla. Ella lo había arriesgado todo con tal de tener el hijo que preservaría su casa de la ruina completa. Judá tomó la cara de Tamar en sus manos.

—Que el Dios de mi padre Israel perdone los pecados que cometí en tu contra —dijo besándola en la frente.

—Y los míos en tu contra —dijo ella sintiendo que su cuerpo se relajaba. Se sonrió mientras le brillaban sus ojos llenos de lágrimas.

Judá sintió una gran ternura hacia ella. Caminó a su lado hasta que ella tropezó y entonces él la cargó y la llevó en sus brazos por el resto del camino. Acsah corrió para unírseles, lista a curar las heridas de Tamar.

Judá, con las manos en la cabeza, esperó afuera de su casa de piedra. El orgullo quebrantado, el corazón humillado, oró como nunca antes lo había hecho, rogando por alguien que no era él. Ya estaba anocheciendo cuando por fin Acsah salió a encontrarse con él.

—¿Cómo está ella?

—Está durmiendo, mi señor —dijo Acsah sonriendo—. Todo parece estar bien.

Tamar no había perdido la criatura.

—Alabado sea Dios.

Judá fue hasta donde estaba su manada y escogió la mejor que encontró, un cordero perfecto. Confesó sus pecados ante el Señor y derramó la sangre del cordero como expiación. Luego se postró ante el Dios de Abraham, Isaac y Jacob y suplicó perdón y restauración.

Esa noche Judá durmió sin pesadillas, por primera vez en más años de los que podía recordar.

Acsah se sentía como si estuviera viviendo al borde de un precipicio del cual podía resbalarse y caerse en cualquier momento. Tamar había cambiado mucho. Se había hecho cargo de la casa como lo haría cualquier esposa principal, y su primera orden fue sacar y destruir todos los dioses de Súa. Selá protestó, pero Judá se mantuvo firme apoyando a Tamar. Acsah le rogó a Tamar, pero de nada le sirvió. Así que en secreto ella derramó sus libaciones, orando a los dioses de Canáan que había logrado esconder en su cesta. Todos los días hacía esto devotamente y por amor a Tamar, pero cuando esta la descubrió en el medio de su ritual, estalló en ira.

—Si tú no me obedeces, entonces guarda tus ídolos y regresa con ellos a la casa de mis padres.

—Solo estoy tratando de ayudarte —rogó Acsah llorando—. Por favor, haz caso a las costumbres del pasado. ¡Es por ti y por tu criatura que yo hago pacto con la asamblea de los dioses!

—Nuestras costumbres están equivocadas, Acsah. Ya yo le puse fin a eso. Si insistes en mantenerlos, entonces debes irte.

Cuando Tamar recogió los ídolos de barro y los tiró en contra de la pared, Acsah lloró llena de pánico.

—¿Quieres que los espíritus vengan en contra tuya?

—Este hijo pertenece a Judá y al Dios de su pueblo. Nunca más se volverá a invitar a la asamblea a ningún otro dios en la casa de Judá. ¡Si te encuentro derramando libaciones a Baal, te votaré!

Tamar buscó a Acsah, que estaba llorando.

—No me obligues a hacer esto, Acsah. Te quiero, pero adoraremos al Dios de Israel y a ningún otro.

Acsah nunca había visto tanta firmeza en los ojos de la muchacha. Convencida de que las tensiones al principio del embarazo de Tamar le habían afectado sus sentidos, fue a ver a Judá para pedirle ayuda. Seguramente que él querría asegurarse de que todas sus deidades se aplacaran y que su hijo estuviera protegido. Pero Judá la sorprendió.

—En mi casa no habrá otros dioses. Haz lo que te dijo Tamar.

Frustrada, Acsah obedeció. Pasó meses vigilando cada aspecto físico de la salud de Tamar. Le preparaba las comidas y le decía cuándo debía descansar. Le daba masajes en la barriga y sintió las primeras pataditas del bebé. Compartía el gozo de Tamar, porque quería a esta muchacha tanto como al hijo que llevaba. Se sentaba para ver a Tamar pasándose la mano con una expresión de amor y asombro en su radiante rostro. Tamar sentía paz, y Acsah se vio rogando que el

Dios invisible le mostrara misericordia a Tamar y a la criatura por la cual lo arriesgó todo para concebirla.

El tiempo pasaba y como se acercaba la fecha para dar a luz, Acsah preguntó si ella podía fabricar una choza para dar a luz.

—Sí —dijo Tamar—, pero prométeme que no la harás de acuerdo a las viejas costumbres.

Acsah lo prometió y cumplió su palabra. Ella misma construyó la choza. Barrió el piso de tierra y lo cubrió con alfombras de caña pero no hizo encantamientos ni le cantó a los demonios. Tampoco rellenó cada hueco para dejar fuera a los espíritus. Por el contrario, ofreció oraciones al Dios de Judá, porque este era el hijo de Judá.

Dios de Judá, protege a Tamar. Vigila este nacimiento y bendice a esta muchacha que ha abandonado todo lo que ha aprendido para así vivir entre el pueblo de Judá. Te lo suplico por amor a ella. Muéstrale misericordia. Permite que este hijo que lleva sea un hijo que la ame y cuide en su vejez. Permite que sea un hijo que nazca con fuerza y honor.

Fue un parto difícil. Acsah temía que así iba a ser, luego que la ayuda a Tamar reveló las maravillosas nuevas de que en el útero no había uno sino dos herederos de la línea de Judá.

Muchas veces, en la casa de Zimrán, Acsah había servido de partera, pero nunca había presenciado un parto tan difícil como este. Ahora quería a Tamar mucho más, porque a pesar de que sufría mucho, no se quejaba. Horas tras horas, Tamar se esforzó sudando la gota gorda y mordiendo una tira de piel para evitar dar gritos de dolor.

—¡Grita, Tamar! Te ayudará.

—Judá lo oirá y se angustiará

—¡Él es la causa de tu dolor! ¡Déjalo que lo oiga! Estoy segura que Súa gritó.

—Yo *no* soy Súa. —Le corrían las lágrimas mientras se le sobresalían los tendones de su cuello.

—Acsah, cántale al Señor Dios —murmuró mientras el dolor se volvía a apoderar de ella. La sangre y el agua empaparon la alfombra de nacimiento donde Tamar estaba sentada.

—¡Yo proclamaré el nombre del Señor! Proclamaré Su nombre y atribuiré la grandeza al Dios de Judá, el Dios de Jacob, el Dios de Isaac y Abraham —cantó Acsah desesperadamente.

—Sus caminos son justos —dijo Tamar jadeando y entonces gruñó de nuevo, sus manos agarradas a las rodillas mientras se esforzaba para pujar.

Salió la primera mano de la criatura, y Acsah enseguida le amarró un cordón escarlata alrededor de la muñeca del niño.

—Este fue el primero en llegar —anunció ella.

—Ay, Dios, ¡ten misericordia! —gritó entonces Tamar, y el niño retiró su mano. Ella apretó los dientes y de nuevo pujó. Acsah oró fervientemente mientras colocaba las manos sobre el abdomen de Tamar y sintió a las dos criaturas luchando en el interior. Se movían, daban vueltas, presionaban. Tamar volvió a gritar, y salió el primer niño, empujándose y resbalándose libremente sobre las manos de Acsah que ya lo esperaban.

—¡Un hijo! —Acsah se reía con gozo, y entonces dio un grito sofocado de sorpresa—. ¡Qué!

No era el niño con el cordón escarlata alrededor de la muñeca.

—¡Qué brecha te has abierto! Se debe llamar Fares —dijo ella, porque quería decir «rotura o brecha».

A los pocos minutos nació el segundo niño, el otro hijo que llamaron Zera —que significa escarlata— por el hilo empapado en sangre, al cual proclamaron como el primogénito, aunque fue el segundo en llegar.

Cansada, Tamar se sonrió. Después que salió la placenta, ella se acostó sobre la tierra cubierta de caña y cerró los ojos con un suspiro.

—Hijos —dijo suavemente y sonriendo.

Acsah cortó los cordones, lavó a los niños, los sacudió y los envolvió en pañales y luego los colocó en los brazos de la madre. Tamar sonrió a medida que su mirada iba de Fares a Zera.

—Acsah, ¿ves lo que el Señor ha hecho? Ha levantado a los pobres en espíritu. ¡Me sacó del polvo y de la ceniza y me ha dado hijos! —Tamar se reía con los ojos radiantes de alegría.

Judá se quedó mudo de la emoción luego de ver a Tamar con dos bebés en sus brazos. Las emociones eran tan fuertes que lo estremecían. A pesar de sus pecados, Dios le había dado una doble bendición por medio de esta valiente joven canaanita. Miró a sus dos hijos y a su madre, todavía pálida después de su penoso esfuerzo y reconoció que amaba a Tamar por la mujer que era. No solo la amaba, sino que también la respetaba y admiraba. Cuando Judá la trajo a su casa para Er, nunca pensó cómo Dios la usaría para traerle arrepentimiento, cambiar su corazón y cambiar el rumbo de su vida. Tamar era una mujer excelente, una mujer digna de alabar.

—Judá, quiero que mis hijos sean hombres de Dios. Quiero que hagas con ellos lo que Dios requiera que tú hagas para que sean reconocidos entre su pueblo —dijo ella mirándolo fijamente.

—En ocho días circuncidaré a mis hijos y tan pronto como tú estés bien para viajar, dejaremos este lugar y volveremos a las tiendas de mi padre.

Judá observó las lágrimas que caían sobre el oscuro pelo en sus sienes. Sus ojos se llenaron de incertidumbre y él adivinó por qué. Ella nunca recibió un trato tierno de Súa ni de sus hijos.

—Tamar, mi padre Jacob te dará la bienvenida, y mi madre te querrá. Te comprenderá mejor que nadie y también entenderá lo que pasó entre nosotros.

Tamar todavía era joven, todavía vulnerable. Nunca una mujer le pareció a él más hermosa que ella, preciosa más allá de la medida. Él haría que su vida fuera tranquila.

—¿Cómo puedes estar seguro de que tu madre me aceptará? —dijo ella alzando la vista.

—Mi madre llevaba un velo cuando fue a mi padre.

Sus ojos pestañearon con sorpresa.

—¿Vestida como una ramera?

—Vestida como una novia, pero no la que él quería —dijo sonriendo con tristeza—. Sin embargo, mi padre llegó a amarla a su manera. Ella crió a sus hijos. Yo soy el cuarto de los seis.

Judá vio los fuertes latidos del pulso en la garganta de Tamar. Ella miró muy preocupada. Solo duró un momento antes de que él entendiera por qué y a ella le subieron los colores a la cara. Él le tomó la mano y la cubrió con la suya.

—Tamar, no me malentiendas ni temas del futuro juntos. Yo te mostraré el respeto que un hombre debe tener por su esposa, pero ahora tú eres mi hija. No haré como hacen los canaanitas. Te lo prometo.

Su cara reaccionó, pero su sonrisa era tierna, disculpándose.

—¡Esta es una promesa que cumpliré!

—Confío en ti, Judá. Tú harás lo que es justo —dijo mostrando el brillo de sus oscuros ojos.

Inundado en perdones, se le apretó la garganta. Con gentileza tomó su mano y la besó en la palma.

Epílogo

EN los años que siguieron, Judá fue un hombre diferente. Renovó las relaciones con su padre y se restauró como líder de sus hermanos. Los guió a Egipto para comprar granos y así logró que la casa de Jacob sobreviviera el hambre que vino a la tierra. Luego Dios lo encaró con José, el hermano que él desamparó.

Como Zafenat Panea, el gobernador del faraón, los hermanos no reconocieron a José y él los probó. Demandó que Benjamín, el hijo más pequeño de Raquel, se quedara como su esclavo, pero entonces Judá dio un paso al frente, declaró que el desastre que se les había venido se debía a su propio pecado y ofreció su vida en lugar de la de su hermano. Al ver el cambio en Judá, José lloró y reveló su verdadera identidad. Ya hacía tiempo que los había perdonado, pero ahora los abrazó. José envió a Judá y a los demás hermanos de regreso a Canaán con las instrucciones de regresar a Egipto con Jacob y toda la familia para así aprovecharse de la riqueza de la tierra de Gosén.

Tamar volvió con Judá, sus hijos crecieron con los hijos de ellos.

En su lecho de muerte, Jacob-Israel reunió a los hijos a su alrededor y les dió una bendición a cada uno. Judá recibió la mayor de toda. El cetro nunca se apartaría de sus manos. De él y de los hijos que Tamar le dio, llegaría el Prometido, el ungido de Dios, ¡el Mesías!

Hasta el último día en la tierra, Judá mantuvo su promesa a Tamar. Aunque la amaba, nunca volvió a acostarse con ella.

Ni tampoco con ninguna otra mujer.

Busque y encuentre

QUERIDO LECTOR:

Acaba de leer la historia de Tamar tal y como la percibió la autora. ¿Es esta toda la verdad acerca de la historia de Tamar y Judá? Jesús dijo que debemos buscar hasta encontrar las respuestas que necesitamos en la vida. ¡Busque usted mismo la verdad; esa es la mejor manera de encontrarla!

Esta sección de «busque y encuentre» se diseñó para ayudarnos a descubrir la historia de Tamar según se relata en la Biblia. Consiste en seis breves estudios que usted puede hacer solo o con un pequeño grupo de estudio.

Le sorprenderá aprender que esta antigua historia tendrá aplicaciones para su vida actual. No importa dónde viva ni en qué siglo, la Palabra de Dios es la verdad. Hoy es tan relevante como lo fue ayer. En ella encontramos un futuro y una esperanza.

Peggy Lynch

BUSQUE LA VERDAD EN LA PALABRA DE DIOS

Vuelva a leer el pasaje de la Biblia que se cita en «Preparación de la escena» en las páginas 9-13.

¿Qué parte jugó Judá en esta historia en cuanto a la rivalidad entre los hermanos?

¿Qué le dijeron al padre él y sus hermanos?

Basándonos en estos pasajes, enumere algunas posibles razones que Judá eligió para dejar a su familia «por esos días».

¿Alguna vez le avergonzaron ciertos hechos descuidados que realizó y que afectaron a otros? ¿Sintió temor de que lo descubrieran? ¿Qué decisiones tomó?

Judá tuvo que tomar decisiones. ¿Qué otras alternativas tenía?

Proverbios 28:13 nos dice: «Quien encubre su pecado jamás prospera; quien lo confiesa y lo deja, halla perdón».

Si Judá hubiera confesado su falta a Dios y a su padre, la historia habría terminado allí. Sin embargo, no lo hizo. En su lugar, ¡se casó! Parecería que Judá estaba en camino de apartarse de la verdad. Escogió correr y esconderse en lugar de encarar el verdadero asunto. Decidió manejar las cosas por su cuenta en lugar de dejar que Dios lo guiara por el camino.

BUSQUE EL CAMINO DE DIOS PARA USTED

Hasta aquí, ¿qué ha aprendido de Judá? ¿Lo considera capaz de hacer frente a los problemas, o es pasivo? ¿Por qué?

¿Tiene algo en común con Judá?

¿Cómo soluciona los celos? ¿Y los conflictos?

¿Adónde va con los problemas de la vida... a usted mismo? a la familia y los amigos? ¿Tiene un cómodo patrón? ¿Va a Dios?

DETÉNGASE Y REFLEXIONE

> «Quien encubre su pecado jamás prospera; quien lo confiesa y lo deja, halla perdón».
>
> PROVERBIOS 28:13

Aparte un momento para pedirle a Dios que escudriñe su corazón. Sea reverente ante él. Medite en lo que él le ofrece.

Relaciones familiares

BUSQUE LA VERDAD EN LA PALABRA DE DIOS

Lea los pasajes siguientes:

> Aconteció en aquel tiempo, que Judá se apartó de sus hermanos, y se fue a un varón adulanita que se llamaba Hirá.
>
> Y vio allí Judá la hija de un hombre cananeo, el cual se llamaba Súa; y la tomó, y se llegó a ella. Y ella concibió, y dio a luz un hijo, y llamó su nombre Er.
>
> Concibió otra vez, y dio a luz un hijo, y llamó su nombre Onán.
>
> Y volvió a concebir, y dio a luz un hijo, y llamó su nombre Sela. Y estaba en Quezib cuando lo dio a luz.
>
> Después Judá tomó mujer para su primogénito Er, la cual se llamaba Tamar.
>
> Y Er, el primogénito de Judá, fue malo ante los ojos de Jehová, y le quitó Jehová la vida.
>
> Entonces Judá dijo a Onán: Llégate a la mujer de tu hermano, y despósate con ella, y levanta descendencia a tu hermano.

Y sabiendo Onán que la descendencia no había de ser suya, sucedía que cuando se llegaba a la mujer de su hermano, vertía en tierra, por no dar descendencia a su hermano.

Y desagradó en ojos de Jehová lo que hacía, y a él también le quitó la vida.

Y Judá dijo a Tamar su nuera: Quédate viuda en casa de tu padre, hasta que crezca Sela mi hijo; porque dijo: No sea que muera él también como sus hermanos. Y se fue Tamar, y estuvo en casa de su padre.

GÉNESIS 38:1-11 (RVR)

Los hijos de Noé que salieron del arca fueron Sem, Cam, que fue el padre de Canaán, y Jafet. Éstos fueron los tres hijos de Noé que con su descendencia poblaron toda la tierra.

Noé se dedicó a cultivar la tierra, y plantó una viña. Un día, bebió vino y se embriagó, quedándose desnudo dentro de su carpa. Cam, el padre de Canaán, vio a su padre desnudo y fue a contárselo a sus hermanos, que estaban afuera. Entonces Sem y Jafet tomaron un manto, se lo echaron sobre los hombros, y caminando hacia atrás, cubrieron la desnudez de su padre. Como miraban en dirección opuesta, no lo vieron desnudo.

Cuando Noé despertó de su borrachera y se enteró de lo que su hijo menor le había hecho, declaró: «¡Maldito sea Canaán! Será de sus dos hermanos el más bajo de sus esclavos.»

Y agregó: «¡Bendito sea el SEÑOR, Dios de Sem! ¡Que Canaán sea su esclavo! ¡Que Dios extienda el territorio

> de Jafet! ¡Que habite Jafet en los campamentos de Sem, y que Canaán sea su esclavo!» GÉNESIS 9:18-27 (NVI)

De acuerdo al segundo pasaje, ¿quién era el padre de los canaanitas?

Abraham mandó a buscar a tierras lejanas una esposa para su hijo Isaac que no fuera canaanita. Esaú disgustó a su padre Isaac casándose no solo con una mujer canaanita, sino con dos. Isaac mandó lejos a su hijo Jacob para que buscara una esposa que no fuera canaanita.

¿Cómo el hijo de Jacob consiguió una esposa?

¿Quién lo ayudó? ¿Quiénes eran su pueblo?

El primogénito fue un varón. Judá lo llamó Er. ¿Quién le dio nombre a Onán y a Selá?

¿Qué clase de hijo era Er?

De acuerdo al siguiente pasaje, ¿qué aborrece Dios?

> Hay seis cosas que el SEÑOR aborrece, y siete que le son detestables: los ojos que se enaltecen, la lengua que miente, las manos que derraman sangre inocente, el corazón que hace planes perversos, los pies que corren a hacer lo malo, el falso testigo que esparce mentiras, y el que siembra discordia entre hermanos.
>
> PROVERBIOS 6:16-19

Como leímos anteriormente, Er «fue malo ante los ojos de Jehová». La palabra del hebreo que aquí se traduce como malo también se usa en muchos otros pasajes de la Biblia. En Génesis 13 se dice que «los hombres de Sodoma eran malos y pecadores» porque eran sodomitas; en el libro de Ester se dice que Amán era malvado por planear el exterminio de los judíos;

en Deuteronomio también se considera malo a cualquiera que guiara el pueblo de Dios a adorar a los dioses falsos.

¿Qué le hizo Dios a Er?

¿Cuál pudo ser la razón de la muerte de Er?

¿Qué clase de hombre declara Dios que era Onán?

¿Cómo Onán desagrada a Dios? ¿Qué le hizo Dios?

Selá, el hijo que le quedaba a Judá, se le debía dar a Tamar, de acuerdo a las costumbres de aquellos tiempos en cuanto al matrimonio. ¿Qué razón le dio Judá a Tamar para demorar este matrimonio?

¿Cuál era la verdadera razón?

BUSQUE EL CAMINO DE DIOS PARA USTED

Judá se lamentaba por el pasado al igual que por el presente, y temía el futuro. ¿Qué temores tiene usted?

¿Cómo encara el temor?

Tanto Er como Onán hicieron las cosas a su manera y esto los llevó a la muerte. De acuerdo a lo que nos dice el libro de Proverbios: «Hay caminos que al hombre le parecen rectos, pero que acaban por ser caminos de muerte» (Proverbios 14:12). En contraste, Jesús dice: «Yo he venido para que tengan vida, y la tengan en abundancia» (Juan 10:10).

¿Conoce usted al único que da la vida en abundancia?

DETÉNGASE Y REFLEXIONE

> «Yo soy el camino, la verdad y la vida —le contestó Jesús—. Nadie llega al Padre sino por mí. Mira que estoy a la puerta y llamo. Si alguno oye mi voz y abre la puerta, entraré, y cenaré con él, y él conmigo».
>
> JUAN 14:6; APOCALIPSIS 3:20

¿Acepta su invitación?

BUSQUE LA VERDAD EN LA PALABRA DE DIOS

Lea los siguientes pasajes:

> Pero al SEÑOR no le agradó la conducta del primogénito de Judá, y le quitó la vida. Entonces Judá le dijo a Onán: «Cásate con la viuda de tu hermano y cumple con tu deber de cuñado; así le darás descendencia a tu hermano.» Pero Onán sabía que los hijos que nacieran no serían reconocidos como suyos. Por eso, cada vez que tenía relaciones con ella, derramaba el semen en el suelo, y así evitaba que su hermano tuviera descendencia. Esta conducta ofendió mucho al SEÑOR, así que también a él le quitó la vida. Entonces Judá le dijo a su nuera Tamar: «Quédate como viuda en la casa de tu padre, hasta que mi hijo Selá tenga edad de casarse.» Pero en realidad Judá pensaba que Selá podría morirse, lo mismo que sus hermanos. Así que Tamar se fue a vivir a la casa de su padre.
>
> Después de mucho tiempo, murió la esposa de Judá, la hija de Súa. Al concluir el tiempo de duelo,

Judá fue al pueblo de Timnat para esquilar sus ovejas. Lo acompañó su amigo Hirá, el adulanita. Cuando Tamar se enteró de que su suegro se dirigía hacia Timnat para esquilar sus ovejas, se quitó el vestido de viuda, se cubrió con un velo para que nadie la reconociera, y se sentó a la entrada del pueblo de Enayin, que está en el camino a Timnat. Esto lo hizo porque se dio cuenta de que Selá ya tenía edad de casarse y aún no se lo daban a ella por esposo.

Cuando Judá la vio con el rostro cubierto, la tomó por una prostituta. No sabiendo que era su nuera, se acercó a la orilla del camino y le dijo:

—Deja que me acueste contigo.

—¿Qué me das si te digo que sí? —le preguntó ella.

—Te mandaré uno de los cabritos de mi rebaño —respondió Judá.

—Está bien —respondió ella—, pero déjame algo en garantía hasta que me lo mandes.

—¿Qué prenda quieres que te deje? —preguntó Judá.

—Dame tu sello y su cordón, y el bastón que llevas en la mano —respondió Tamar.

Judá se los entregó, se acostó con ella y la dejó embarazada. Cuando ella se levantó, se fue inmediatamente de allí, se quitó el velo y volvió a ponerse la ropa de viuda. GÉNESIS 38:7-19

En la lección anterior aprendimos que Judá decidió casarse con una muchacha canaanita que era prohibida. También escogió una novia canaanita para su hijo. El nombre de esta joven novia era Tamar.

Tamar significa «palma de dátiles». Las palmas de dátiles tenían un gran valor, no solo por su fruto delicioso sino también por su majestuosa belleza y habilidad de sobrevivir en el clima desértico. A esta novia adolescente no le pusieron el nombre por pura coincidencia.

¿Qué aprendimos en el pasaje anterior acerca de Tamar?

¿Qué clase de elección (si alguna) hizo Tamar?

Cuando ella volvió a la casa de su padre, ¿cree usted que Tamar esperaba volver alguna vez a la familia de Judá? ¿Por qué o por qué no?

¿En qué momento cree usted que Tamar reconoció que no habría otra boda?

Tamar decidió resolver las cosas a su manera. Tal vez pensó: *Judá es un viudo y está en libertad de tener otra esposa. De seguro su simiente me asegurará los hijos que me prometió. O, ¡yo solo tomaré lo que él me prometió!*

Tamar se cambió la ropa de viuda cuando puso sus planes en acción. ¿Qué hizo al final de este pasaje? ¿Qué importancia tiene esto? (Si necesita una pista, considere lo siguiente: ¿Detuvo ella a cualquier otro hombre que pasara por el camino para esquilar ovejas? ¿Se quedó con Judá? ¿Siguió haciendo el papel de una ramera? ¿Se jactó de lo que hizo?)

Esta mujer de acción ahora espera. Espera ver si Judá aceptará la solución a su dilema. Espera ver si ella será la escogida para edificar la familia de Judá. Espera ver cómo el Dios de Judá va a juzgar entre Judá y ella.

Lea el pasaje siguiente:

> «A cada uno le parece correcto su proceder, pero el SEÑOR juzga los motivos». PROVERBIOS 16:2

¿Qué dice Proverbios 16:2 en cuanto a la opinión que cada uno tiene acerca de sí mismo?

BUSQUE EL CAMINO DE DIOS PARA USTED

Hasta este punto en la vida de Tamar abusaron de ella, la usaron, abandonaron y olvidaron. ¿Alguna vez lo han tratado injustamente? ¿Cómo lidió con las promesas que no se cumplieron?

¿En qué se asemeja usted a Tamar?

¿Alguna vez se adelantó a Dios y trató de arreglar las cosas a su manera? Si así fue, ¿cuáles fueron los resultados?

DETÉNGASE Y REFLEXIONE

> «Vengan a mí todos ustedes que están cansados y agobiados, y yo les daré descanso. Carguen con mi yugo y aprendan de mí, pues yo soy apacible y humilde de corazón, y encontrarán descanso para su alma. Porque mi yugo es suave y mi carga es liviana».
>
> MATEO 11:28-30

Haga una pausa para considerar la carga que usted está llevando. ¿Hará lo mismo que hizo Tamar y tratará de resolverlo usted mismo? ¿O dejará que Jesús tome sus penas, desilusiones, trato injusto y decepciones? Tome el «yugo» de Jesús. Permítale darle una esperanza y un futuro.

Exposición

BUSQUE LA VERDAD EN LA PALABRA DE DIOS

Lea los pasajes siguientes:

> Como tres meses después, le informaron a Judá lo siguiente:
>
> —Tu nuera Tamar se ha prostituido, y como resultado de sus andanzas ha quedado embarazada.
>
> —¡Sáquenla y quémenla! —exclamó Judá.
>
> Pero cuando la estaban sacando, ella mandó este mensaje a su suegro: «El dueño de estas prendas fue quien me embarazó. A ver si reconoce usted de quién son este sello, el cordón del sello, y este bastón».
>
> Judá los reconoció y declaró: «Su conducta es más justa que la mía, pues yo no la di por esposa a mi hijo Selá». Y no volvió a acostarse con ella.
>
> GÉNESIS 38:24-26

Cuando Judá oyó que Tamar tenía un hijo, ¿qué respondió? ¿Era esto una proclamación privada o pública?

Judá quizás pensó: *¡Esto me librará de la promesa que hice de dársela a Selá!* También pudo haber pensado: *¿Quién me acusará de haberme librado de Tamar?* ¿Cuál fue la respuesta de Tamar ante la sentencia de muerte que su suegro le exigía?

¿Por qué cree que Tamar le hizo a Judá una pregunta en lugar de hacerle una proclamación pública? ¿Qué revela esto en cuanto a su carácter?

Ahora Judá encara una decisión. De nuevo él podría correr y esconderse, obviar la verdad; o podría, por fin, hacer lo justo. De acuerdo al pasaje que acabamos de leer, ¿cuál fue la reacción de Judá?

¿Qué revela la respuesta de Judá en cuanto a su carácter?

Lea el pasaje siguiente:

> «Quien encubre su pecado jamás prospera; quien lo confiesa y lo deja, halla perdón». PROVERBIOS 28:13

Dios, mediante Jesucristo, declarará justo un corazón que confiesa y se arrepiente de su pecado. Tanto Tamar como Judá obtuvieron el perdón de Dios y lo vieron obrar los buenos propósitos que él les tenía reservado a través de la vida. Solo Dios puede traer bendiciones en medio del desastre, la decepción y la desilusión. Solo Dios conoce el corazón de una persona.

Lea los pasajes siguientes:

> Cuando llegó el tiempo de que Tamar diera a luz,

resultó que tenía mellizos en su seno. En el momento de nacer, uno de los mellizos sacó la mano; la partera le ató un hilo rojo en la mano, y dijo: «Éste salió primero.» Pero en ese momento el niño metió la mano, y salió primero el otro. Entonces la partera dijo: «¡Cómo te abriste paso!» Por eso al niño lo llamaron Fares. Luego salió su hermano, con el hilo rojo atado en la mano, y lo llamaron Zera. GÉNESIS 38:27-30

«Porque yo sé muy bien los planes que tengo para ustedes —afirma el SEÑOR—, planes de bienestar y no de calamidad, a fin de darles un futuro y una esperanza».

JEREMÍAS 29:11

Judá, padre de Fares y de Zera, cuya madre fue Tamar; Fares, padre de Jezrón; Jezrón, padre de Aram. MATEO 1:3

Tamar había esperado un hijo. ¿Qué hizo Dios por ella?

Judá había esperado un heredero. ¿Qué hizo Dios por él?

BUSQUE EL CAMINO DE DIOS PARA USTED

¿Alguna vez lo confrontaron en privado acerca de algo que dijo o hizo y que era injusto? Si así fue, ¿cómo se sintió?

¿Alguna vez lo han reprendido abiertamente, o avergonzado o corregido? ¿Cómo reaccionó?

Cuando confrontaron a Tamar abiertamente, ella presentó la verdad (como la conocía). Cuando confrontaron a Judá con la verdad, él se arrepintió. Él se había descarriado de su familia y de su fe. Dios usó las consecuencias de sus decisiones para que se arrepintiera y restaurara. En su experiencia al verse confrontado con algún error que cometió, ¿cuáles fueron las consecuencias? Si lo volviera a hacer, ¿respondería de otra manera?

DETÉNGASE Y REFLEXIONE

Acerquémonos, pues, a Dios con corazón sincero y con la plena seguridad que da la fe, interiormente purificados de una conciencia culpable y exteriormente lavados con agua pura. HEBREOS 10:22

Porque por gracia ustedes han sido salvados mediante la fe; esto no procede de ustedes, sino que es el regalo de Dios, no por obras, para que nadie se jacte.

EFESIOS 2:8-9

¿Cómo Dios lo está atrayendo?

BUSQUE LA VERDAD EN LA PALABRA DE DIOS

En este breve estudio hemos visto cómo las circunstancias nos enfrentan a las decisiones que debemos tomar en la vida. Estas decisiones nos pueden llevar a la destrucción y a la desilusión o a la restauración y a una vida productiva. A manera de repaso, vuelva al pasaje de la Biblia en «Preparación de la escena» en las páginas 9-12. ¿Qué clase de hombre era entonces Judá?

El pasaje siguiente es bastante largo, pero es importante para saber cuál fue el final de la historia de Judá. Sucedió hace muchos años después del incidente con Tamar, cuando Judá y sus hermanos aparecieron ante su hermano José que hacía tanto tiempo que estaba desaparecido. José había ascendido a una alta posición de autoridad en Egipto. Él reconoció a sus malos hermanos y decidió ponerlos a pruebas para ver si habían cambiado. Los hermanos no sabían que el hombre de quien dependía el poder de vida o muerte sobre ellos era, en ese entonces, José.

> Más tarde, José ordenó al mayordomo de su casa: «Llena con todo el alimento que les quepa los costales de estos

hombres, y pon en sus bolsas el dinero de cada uno de ellos. Luego mete mi copa de plata en la bolsa del hermano menor, junto con el dinero que pagó por el alimento.» Y el mayordomo hizo todo lo que José le ordenó.

A la mañana siguiente, muy temprano, los hermanos de José fueron enviados de vuelta, junto con sus asnos. Todavía no estaban muy lejos de la ciudad cuando José le dijo al mayordomo de su casa: «¡Anda! ¡Persigue a esos hombres! Cuando los alcances, diles: "¿Por qué me han pagado mal por bien? ¿Por qué han robado la copa que usa mi señor para beber y para adivinar? ¡Esto que han hecho está muy mal!"»

Cuando el mayordomo los alcanzó, les repitió esas mismas palabras. Pero ellos respondieron:

—¿Por qué nos dice usted tales cosas, mi señor? ¡Lejos sea de nosotros actuar de esa manera! Es más, nosotros le trajimos de vuelta de Canaán el dinero que habíamos pagado, pero que encontramos en nuestras bolsas. ¿Por qué, entonces, habríamos de robar oro o plata de la casa de su señor? Si se encuentra la copa en poder de alguno de nosotros, que muera el que la tenga, y el resto de nosotros seremos esclavos de mi señor.

—Está bien —respondió el mayordomo—, se hará como ustedes dicen, pero sólo el que tenga la copa en su poder será mi esclavo; el resto de ustedes quedará libre de todo cargo.

Enseguida cada uno de ellos bajó al suelo su bolsa y la abrió. El mayordomo revisó cada bolsa, comenzando con la del hermano mayor y terminando con la del menor. ¡Y encontró la copa en la bolsa de Benjamín! Al ver esto, los hermanos de José se rasgaron las vestiduras en señal de duelo y, luego de cargar sus asnos, volvieron a la ciudad.

Todavía estaba José en su casa cuando llegaron Judá y sus hermanos. Entonces se postraron rostro en tierra, y José les dijo:

—¿Qué manera de portarse es ésta? ¿Acaso no saben que un hombre como yo puede adivinar?

—¡No sabemos qué decirle, mi señor! —contestó Judá—. ¡No hay excusa que valga! ¿Cómo podemos demostrar nuestra inocencia? Dios ha puesto al descubierto la maldad de sus siervos. Aquí nos tiene usted: somos sus esclavos, nosotros y el que tenía la copa.

—¡Jamás podría yo actuar de ese modo! —respondió José—. Sólo será mi esclavo el que tenía la copa en su poder. En cuanto a ustedes, regresen tranquilos a la casa de su padre.

Entonces Judá se acercó a José para decirle:

—Mi señor, no se enoje usted conmigo, pero le ruego que me permita hablarle en privado. Para mí, usted es tan importante como el faraón. Cuando mi señor nos preguntó si todavía teníamos un padre o algún otro hermano, nosotros le contestamos que teníamos un padre anciano, y un hermano que le nació a nuestro padre en su vejez. Nuestro padre quiere muchísimo a este último porque es el único que le queda de la misma madre, ya que el otro murió. Entonces usted nos obligó a traer a este hermano menor para conocerlo. Nosotros le dijimos que el joven no podía dejar a su padre porque, si lo hacía, seguramente su padre moriría. Pero usted insistió y nos advirtió que, si no traíamos a nuestro hermano menor, nunca más seríamos recibidos en su presencia. Entonces regresamos adonde vive mi padre, su siervo, y le informamos de todo lo que usted nos había dicho. Tiempo después nuestro padre nos dijo: "Vuelvan otra vez a comprar un poco de alimento." Nosotros le contestamos: "No podemos ir si nuestro hermano menor no va con nosotros. No podremos presentarnos ante hombre tan importante, a menos que nuestro hermano menor nos acompañe." Mi padre, su siervo, respondió: "Ustedes saben que mi esposa me dio dos hijos. Uno desapareció de mi lado, y no he vuelto a verlo. Con toda seguridad fue despedazado por las fieras. Si también se llevan a éste, y le pasa alguna desgracia, ¡ustedes tendrán la culpa de que este pobre viejo se muera de tristeza!"

»Así que, si yo regreso a mi padre, su siervo, y el joven, cuya vida está tan unida a la de mi padre, no regresa con nosotros, seguramente mi padre, al no verlo, morirá, y nosotros seremos los culpables de que nuestro padre se muera de tristeza. Este siervo suyo quedó ante mi padre como responsable del joven. Le dije: "Si no te lo devuelvo, padre mío, seré culpable ante ti toda mi vida." Por eso, permita usted que yo me quede como esclavo suyo en lugar de mi hermano menor, y que él regrese con sus hermanos. ¿Cómo podré volver junto a mi padre si mi hermano menor no está conmigo? ¡No soy capaz de ver la desgracia que le sobrevendrá a mi padre!

GÉNESIS 44:1-34

¿Qué aprendemos acerca de Judá en esta historia?

¿En qué sentido cambió Judá?

Lea este pasaje siguiente de la Biblia que narra el final de la historia:

> José ya no pudo controlarse delante de sus servidores, así que ordenó: «¡Que salgan todos de mi presencia!» Y ninguno de ellos quedó con él. Cuando se dio a conocer a sus hermanos, comenzó a llorar tan fuerte que los egipcios se enteraron, y la noticia llegó hasta la casa del faraón.
>
> —Yo soy José —les declaró a sus hermanos—. ¿Vive todavía mi padre?
>
> Pero ellos estaban tan pasmados que no atinaban a contestarle. No obstante, José insistió:
>
> —¡Acérquense!
>
> Cuando ellos se acercaron, él añadió:
>
> —Yo soy José, el hermano de ustedes, a quien vendieron a Egipto. Pero ahora, por favor no se aflijan más ni se reprochen el haberme vendido, pues en realidad fue

Dios quien me mandó delante de ustedes para salvar vidas. Desde hace dos años la región está sufriendo de hambre, y todavía faltan cinco años más en que no habrá siembras ni cosechas. Por eso Dios me envió delante de ustedes: para salvarles la vida de manera extraordinaria y de ese modo asegurarles descendencia sobre la tierra. Fue Dios quien me envió aquí, y no ustedes. Él me ha puesto como asesor del faraón y administrador de su casa, y como gobernador de todo Egipto. ¡Vamos, apúrense! Vuelvan a la casa de mi padre y díganle: "Así dice tu hijo José: 'Dios me ha hecho gobernador de todo Egipto. Ven a verme. No te demores. Vivirás en la región de Gosén, cerca de mí, con tus hijos y tus nietos, y con tus ovejas, y vacas y todas tus posesiones. Yo les proveeré alimento allí, porque aún quedan cinco años más de hambre. De lo contrario, tú y tu familia, y todo lo que te pertenece, caerán en la miseria.' " Además, ustedes y mi hermano Benjamín son testigos de que yo mismo lo he dicho. Cuéntenle a mi padre del prestigio que tengo en Egipto, y de todo lo que han visto. ¡Pero apúrense y tráiganlo ya!

Y abrazó José a su hermano Benjamín, y comenzó a llorar. Benjamín, a su vez, también lloró abrazado a su hermano José. Luego José, bañado en lágrimas, besó a todos sus hermanos. Sólo entonces se animaron ellos a hablarle.

GÉNESIS 45:1-15

La profunda emoción que los ruegos de Judá causaron en José era obvia. ¿Qué le respondió José a Judá y al resto de los hermanos?

Dios había hecho provisión para toda la familia. Preservó la vida de José y le dio un puesto de gran autoridad. Restauró a Judá y a sus hermanos.

Vuelva a leer el pasaje siguiente acerca de Tamar:

> Entonces Judá le dijo a su nuera Tamar: «Quédate como viuda en la casa de tu padre, hasta que mi hijo Selá tenga edad de casarse.» Pero en realidad Judá pensaba que Selá podría morirse, lo mismo que sus hermanos. Así que Tamar se fue a vivir a la casa de su padre.
>
> GÉNESIS 38:11

En ese momento, ¿qué clase de futuro tenía Tamar que anticipar?

Ahora lea el pasaje siguiente que se escribió muchos años después:

> «¡Que por medio de esta joven el Señor te conceda una descendencia tal que tu familia sea como la de Fares, el hijo que Tamar le dio a Judá!» RUTH 4:12

¿Cómo recordó a Tamar su descendencia?

Tamar tenía esperanzas y planes, pero Dios tenía planes mayores. Le dio unos hijos gemelos que se convirtieron en los antepasados de la tribu de Judá. Por último, el Mesías, el Salvador prometido del mundo, vino de esa tribu.

BUSQUE EL CAMINO DE DIOS PARA USTED

En la actualidad, Dios obra en nuestras vidas de la misma manera que obró en la vida de Judá y Tamar. ¿Cómo se le está revelando Dios?

A medida que trabajó en estas lecciones, ¿qué cambios sintió que debe hacer en su vida?

¿De quién depende su futuro? De acuerdo a Jeremías 29:11 (véase la página 184), ¿quién le está ofreciendo un futuro?

DETÉNGASE Y REFLEXIONE

Porque tanto amó Dios al mundo, que dio a su Hijo unigénito, para que todo el que cree en él no se pierda, sino que tenga vida eterna. Dios no envió a su Hijo al mundo para condenar al mundo, sino para salvarlo por medio de él. El que cree en él no es condenado, pero el que no cree ya está condenado por no haber creído en el nombre del Hijo unigénito de Dios. JUAN 3:16-18

¿Está preparado para el futuro? Si no le ha entregado su vida a Jesucristo, lo puede hacer ahora mismo. Todo lo que tiene que hacer es decir una simple oración. Confiese que es un pecador y que desea cambiar de dirección, invite a Jesucristo a venir a su corazón como su Señor y Salvador. Si pertenece a Jesús, puede estar seguro de tener un futuro eterno y esperanza para hoy.

¡Escoja la vida!

BUSQUE LA VERDAD EN LA PALABRA DE DIOS

Como ya hemos visto, la historia de Tamar no se termina con el nacimiento de sus hijos gemelos. Podemos seguir el recorrido de Judá y Tamar a través de toda la Biblia. Los pasajes siguientes son algunos ejemplos del futuro que Dios le tenía reservado a ellos:

> —Yo soy José —les declaró a sus hermanos—. ¿Vive todavía mi padre?
>
> Pero ellos estaban tan pasmados que no atinaban a contestarle. No obstante, José insistió:
>
> —¡Acérquense!
>
> Cuando ellos se acercaron, él añadió:
>
> —Yo soy José, el hermano de ustedes, a quien vendieron a Egipto. Pero ahora, por favor no se aflijan más ni se reprochen el haberme vendido, pues en realidad fue Dios quien me mandó delante de ustedes para salvar vidas. Desde hace dos años la región está sufriendo de hambre, y todavía faltan cinco años más en que no habrá siembras ni cosechas. Por eso Dios me envió delante

> de ustedes: para salvarles la vida de manera extraordinaria y de ese modo asegurarles descendencia sobre la tierra. Fue Dios quien me envió aquí, y no ustedes. Él me ha puesto como asesor del faraón y administrador de su casa, y como gobernador de todo Egipto. ¡Vamos, apúrense! Vuelvan a la casa de mi padre y díganle: "Así dice tu hijo José: 'Dios me ha hecho gobernador de todo Egipto. Ven a verme. No te demores. Vivirás en la región de Gosén, cerca de mí, con tus hijos y tus nietos, y con tus ovejas, y vacas y todas tus posesiones.
>
> GÉNESIS 45:3-10

¿Cómo se sintió José en cuanto a Judá?

En el siguiente pasaje Judá recibe una bendición de su padre Jacob (también conocido como Israel). ¿Cuáles son los elementos clave de esta bendición?

> Tú, Judá, serás alabado por tus hermanos; dominarás a tus enemigos, y tus propios hermanos se inclinarán ante ti. Mi hijo Judá es como un cachorro de león que se ha nutrido de la presa. Se tiende al acecho como león, como leona que nadie se atreve a molestar. El cetro no se apartará de Judá, ni de entre sus pies el bastón de mando, hasta que llegue el verdadero rey, quien merece la obediencia de los pueblos. Judá amarra su asno a la

vid, y la cría de su asno a la mejor cepa; lava su ropa en vino; su manto, en la sangre de las uvas. Sus ojos son más oscuros que el vino; sus dientes, más blancos que la leche. GÉNESIS 49:8-12

Lea el pasaje siguiente. ¿Qué diferencias había entre las bendiciones de Moisés y las bendiciones de Jacob?

Y esto dijo acerca de Judá:

«Oye, Señor, el clamor de Judá; hazlo volver a su pueblo. Judá defiende su causa con sus propias fuerzas. ¡Ayúdalo contra sus enemigos!» DEUTERONOMIO 33:7

En el pasaje siguiente, ¿quién eligió a Judá?

Despertó entonces el Señor, como quien despierta de un sueño, como un guerrero que, por causa del vino, lanza gritos desaforados. Hizo retroceder a sus enemigos, y los puso en vergüenza para siempre. Rechazó a los descendientes de José, y no escogió a la tribu de Efraín; más bien, escogió a la tribu de Judá y al monte Sión, al cual ama. SALMO 78:65-68

Génesis 38, la historia de Tamar y Judá, en la cual se basa *Desenmascarada*, se puede ver como una conmemoración del padre y la madre de una tribu. Tamar fue siempre muy respetada. Sus acciones se llevaron a cabo con la única intención de tener un hijo que mantuviera la descendencia. Dios vio su corazón y le dio hijos. Dios también conocía el corazón de Judá y le brindó la manera de restaurarse con su familia, al igual que con su descendencia, para que llevara su nombre. Por último, Dios usó la línea de Judá para darle el Mesías al mundo. A menudo nos referimos al Mesías como el León de Judá. ¡Jesús es el Mesías!

BUSQUE EL CAMINO DE DIOS PARA USTED

¿Hay alguna persona con la que necesite enmendar algo, como hizo Judá?

Al igual que Tamar, todos tenemos esperanzas y sueños para el futuro. ¿Qué tipo de cosas usted está esperando?

¿Cómo quiere que lo recuerden?

DETÉNGASE Y REFLEXIONE

—Porque mis pensamientos no son los de ustedes, ni sus caminos son los míos —afirma el SEÑOR—. Mis caminos y mis pensamientos son más altos que los de ustedes; ¡más altos que los cielos sobre la tierra! Así como la lluvia y la nieve descienden del cielo, y no vuelven allá sin regar antes la tierra y hacerla fecundar y germinar para que dé semilla al que siembra y pan al que come, así es también la palabra que sale de mi boca: No volverá a mí vacía, sino que hará lo que yo deseo y cumplirá con mis propósitos. Ustedes saldrán con alegría y serán guiados en paz. A su paso, las montañas y las colinas prorrumpirán en gritos de júbilo y aplaudirán todos los árboles del bosque. En vez de zarzas, crecerán cipreses; mirtos, en lugar de ortigas. Esto le dará renombre al SEÑOR; será una señal que durará para siempre.»

ISAÍAS 55:8-13

Que la Palabra de Dios produzca siempre el fruto de obediencia y logre mucho en usted.

La genealogía de Jesús, el Cristo

Tabla genealógica de Jesucristo, hijo de David, hijo de Abraham:

Abraham fue el padre de Isaac;
Isaac, padre de Jacob;
Jacob, padre de Judá y de sus hermanos;
Judá, padre de Fares y de Zera, cuya madre fue **Tamar;**
Fares, padre de Jezrón;
Jezrón, padre de Aram;
Aram, padre de Aminadab;
Aminadab, padre de Naasón;
Naasón, padre de Salmón;
Salmón, padre de Booz, cuya madre fue **Rajab**;
Booz, padre de Obed, cuya madre fue **Rut**;
Obed, padre de Isaí;
e Isaí, padre del rey David.
David fue el padre de Salomón, cuya madre [**Betsabé**]
había sido la esposa de Urías;
Salomón, padre de Roboán;

Roboán, padre de Abías;
Abías, padre de Asá;
Asá, padre de Josafat;
Josafat, padre de Jorán;
Jorán, padre de Uzías;
Uzías, padre de Jotán;
Jotán, padre de Acaz;
Acaz, padre de Ezequías;
Ezequías, padre de Manasés;
Manasés, padre de Amón;
Amón, padre de Josías;
y Josías, padre de Jeconías y de sus hermanos
en tiempos de la deportación a Babilonia.
Después de la deportación a Babilonia,
Jeconías fue el padre de Salatiel;
Salatiel, padre de Zorobabel;
Zorobabel, padre de Abiud;
Abiud, padre de Eliaquín;
Eliaquín, padre de Azor;
Azor, padre de Sadoc;
Sadoc, padre de Aquín;
Aquín, padre de Eliud;
Eliud, padre de Eleazar;
Eleazar, padre de Matán;
Matán, padre de Jacob;
y Jacob fue padre de José, que fue el esposo de
María, de la cual nació Jesús, llamado el Cristo.

MATEO 1:1-16

Acerca de la autora

FRANCINE RIVERS ha sido escritora durante más de veinte años. Desde 1976 hasta 1985 tuvo una carrera exitosa como escritora en el mercado general y ganó varios premios. En 1986, después de convertirse en una cristiana, Francine escribió *Redeeming Love* [Amor redentor] como su testimonio de fe.

Desde entonces, Francine ha publicado varios libros en el mercado CBA y continúa ganando la aclamación de la industria tanto como la de los lectores. Su novela *The Last Sin Eater* [El último que come el pecado] ganó la Medalla de Oro ECPA y tres de sus libros ganaron el prestigioso Premio Rita a los escritores románticos de América.

Francine dice que usa sus escritos para acercarse más al Señor, que mediante su trabajo ella adora y alaba a Jesús por todo lo que él ha hecho y está haciendo en su vida.

Libros por Francine Rivers

Melancólica
Valiente
Inconmovible
Atrevida

Nos agradaría recibir noticias suyas.
Por favor, envíe sus comentarios sobre este libro
a la dirección que aparece a continuación.
Muchas gracias.

EDITORIAL VIDA
7500 NW 25th Street, Suite 239
Miami, Florida 33122

Vidapub.sales@zondervan.com
http://www.editorialvida.com